Sehr geehrter Herr Börner,
wir wünschen Ihnen und
Ihrer Familie eine besinnliche
Adventszeit, ein frohes Weihnachts-
fest und einen guten Übergang
ins neue Jahr.
Auf ein gutes, gesundes und
erfolgreiches 2011,

GCI MANAGEMENT

BRIENNER STRASSE 7
80333 MÜNCHEN
TELEFON +49 (89) 20 500 500
TELEFAX +49 (89) 20 500 555
GCI@GCI-MANAGEMENT.COM

Die Bescherung

Die Bescherung

Advents- und Weihnachtsgeschichten

Georg Lohmeier

edition **Werr.**

Schrift
Garamond, 13 Punkt
Papier
Dictum Werkdruck 90g
Georg Lohmeier
Deutsche Erstveröffentlichung 1999
© P A R C Verlag, Christoph Werr, Vachendorf
Alle Rechte vorbehalten
Gestaltung, Satz und Druck
Werr. 83377 Vachendorf
www.werr.com
ISBN 3-922927-12-2

Inhalt

Introitus	7
Christkindl hilf!	11
's Christkindl in der Wiegn	17
Rorate	23
Der Muserlkoch	31
Der Engel des Herrn	35
Kaiberl-Heu und Mettensuppn	43
2000 mal Weihnachten	47
Der Rauschgoldengel	55
Die Bescherung	69
Die neue Farb!	75
Das dritte Schaferl	79
Nur noch ein Wunsch	85
Warum der Ururgroßvater im Sagberg war	91
Der Heilige Abend, eine Mordnacht	99
Weihnachts-Sentimentalitäten	105
Doppelzimmer mit Dusche	113
Der 22. Dezember	121
Lucia geht der Tag irr	127
Adventsingen	139
Tanz unterm Baum	149

Trink dich satt!	157
Der hohe Baum	163
Was gehn mich die Englein an, wann ich im Himmel bin?	171
Ich war einmal das Christkind	181
Bethlehemische Szenen	191
Weihnachten im Sommer	201
Der Herr Sanitätsrat	207
Einwendig lustig	215
Die Tage vor dem Heiligen Abend	221
Ochs und Esel	227
Weihnachten auf den Malediven	233

Introitus

Fröhliche Weihnachten, gute Feiertage! Und voraus schon ein glückliches Neues Jahr! Den einen ist es das liebste Fest des Jahres. Sie freuen sich jedes Jahr auf das Christkind wie ein Kind. Vielen ist es ein Geschäft, ein Kaufen und Zahlen und Schenken, ein Einpapierln und Verschnüren, ein Plätzerlbacken und Gänsebratenstudieren, ein Christbaumschmücken und Punschsieden. Einigen ist der Weihnachtsrummel, speziell die deutsche Weihnachtssentimentalität schon zu dumm geworden. Sie begnügen sich mit biblischen Texten. Oder sie verreisen gar auf eine Insel im Indischen Ozean.

Aber auch sie müssen vorher noch vier Adventswochen erleben mit Christkindlmärkten und Glühweintrinken. Mit Rorate und *»Tauet Himmel den Gerechten!«* Ganz ungeschoren kommt keiner davon.

Rorate caeli desuper, Tauet Himmel von oben! Gewiß ein frommer Titel. Und doch ist das Büchl voller christlicher Parodien. Obwohl die uralte *»parodia christiana«* aus der Rennaisance auch schon etwas Erhabenes bedeutet hat: Die Verchristlichung der antiken Götter und Göttinnen. Phöbus, Apoll oder Mars war Christus und Diana die hl. Jungfrau.

Heut geht's ums Geschäft. Um den Glühwein auf dem Christkindlmarkt. Um Bratwürst und schwergoldene Colliers, um Mofas und Cabrios, um neue Bräutigame vom Christkind verkuppelt und um die langersehnte heilige Ruh. Christkindl-Mode?

Jeder erinnert sich jetzt an seine eigene Kindheit. Damals war es ganz anders. *»Kinderlandverschickt unterm Krieg, gab es für uns nur eine Tasse Pfefferminztee und einen steinharten Lebkuchen!«*

Je dunkler die Welt, die Weihnachtslichter der Kindheit bleiben uns. Wenn bei uns auch die Finanzämter vor dem Hl. Abend noch einmal gehörig zulangen und vor Jahresultimo die meiste Kirchenteuer eingeht, die Weihnachtsfreude empfinden Bankiers und Verkäufer, Angestellte und Arbeiter, Professoren der Ökonomie, Schauspieler und Software-Ingenieure. Wahrscheinlich auch Politiker. Natürlich ist es eine gekaufte Freude. Dennoch glitzert die Welt in diesen »heiligen« Tagen.

»Es ist nicht so, daß ich überhaupt nicht an das Christkindl glaube, trotzdem erspare ich mir jedes Jahr den Einkauf eines Geschenkes«, sagt sich der nicht schlecht verdienende Buchhalter einer Handelskette. Außer seiner langjährigen Braut, hat er nur seine Mutter. Und die macht ihm ein Geschenk. »Ich verkrache mich jedes Jahr gegen Mitte Dezember mit der Braut, laß den Hl. Abend vorbeigehen, ohne Geschenk, nur mit einem Kartengruß und nach Neujahr werde ich mit ihr wieder gut. Auch sie erspart sich das Weihnachtsgeschenk für mich! Trotzdem sind wir keine Atheisten.«

Nolite timere, fürchtet euch nicht, ecce enim evangelizo vobis gaudium magnum, ich verkünde euch nämlich eine große Freude! Leider hat das Wort Gaudi mittlerweile nur noch die Bedeutung eines komödiantischen actions-Spaßes. Sonst würde ich alle weihnachtlichen Geschichten unter der Engelsbotschaft erzählen: »Lest das Advents- und Weihnachtsbuch, es stehn lauter Gaudi-Geschichten drin.«

Christkindl hilf!

Frau Christiane Grünert sagte zu ihrem Söhnchen Christian, dem blondgelockten im Laufstall, in überschäumender Zuneigung und mütterlicher Herzlichkeit manchmal: »Mein Christkindlein bist du, mein allerliebstes Himmelskindlein.« Da der Bub größer wurde und in die Schul' kam, aufs Gymnasium gar, ist aus dem »allerliebsten Christkindlein« ein ziemlicher Lausbub geworden. Schon hat er »Verweise« und andere schlimme Lehrerbriefe, anstelle der Mutter, selbst unterschrieben. Vater hatte er keinen mehr. Der war nach seiner Geburt mit dem Auto tödlich verunglückt. Deshalb war Frau Grünert mit dem Buben ja so glücklich.

Das schlechte Zeugnis konnte Christian nun doch nicht verschwinden lassen. Obwohl seine freche Schlauheit den Mitschüler Konrad in die Zange nahm, er solle ihm doch sein gutes Zeugnis zum Vorzeigen der Mutter für einen Tag leihen. Er wollte mit dem Faxgerät im Büro seiner Mutter die Noten manipulieren: Den Kopf seines Zeugnisses belassen und die Noten Konrads darunter kopieren. Die Arbeit ist mißglückt. Die Frau Mama hat ihren Sohn bei der Fälschung ertappt.

So weit hat er es gebracht, der blondgelockte Frechdachs! Dazu die entsetzlich schlechten Noten. In Geographie eine Vier und in Latein eine Fünf! Es hat überall gefehlt. Sein Vorrücken war gefährdet.

Frau Christiane war erschüttert. Bub, was soll aus dir noch werden? Und dich hab ich einmal als Bub Christkindl genannt! Sie besprach sich mit ihrem vertrauten Geschäftspartner Karl Metzner. Auch er war ratlos. »Gib den Bengel in ein Internat. Am besten nach Kloster Metten! Dort sollen sich die Hochwürden Herren Patres ärgern mit dem Lausbuben! Mach dir bloß keine Vorwürfe wegen des Christkindls! Das sagen mehr vernarrte Mütter. Und er heißt ja auch Christian.«

»Mein allerliebstes Christkindlein ist ein Lausbub geworden. Ich hätte das nicht sagen dürfen.« Der Geschäftsfreund Karl Metzner schaltete das Autoradio ein. Erst kam ziemlich laute Rockmusik. Endlich hörten sie eine Hirtenweise. Richtig! Es war ja bereits der erste Advent. Eine herzlich-fromme Frauenstimme spricht über das Christkindl in Altenhohenau. Daß es einmal gnadenbringend gewesen und der Nonne Columba Waigl aus dem Dominikanerorden gehört hätte, daß es mehrere Festgewänder habe und zur Zeit der Mystikerin Columba Waigl, einer stygmatisierten Ordensfrau um 1730/40, von Zelle zu Zelle gelaufen und den Mitschwestern erschienen sei! Dieses Jesulein von Altenhohenau sei später eine Anziehung für viele Wallfahrer geworden. Das Innkloster habe auch noch ein zweites wundertätiges Christkindl, am rechten Seitenaltar eine Nachbildung des Prager Jesuleins. Zu diesem Prager Christkindl seien im 18. Jahrhundert Fürstinnen gekommen.

Welch merkwürdige Fügung, durchfährt es Christiane! Von einer Christkindlwallfahrt, hat sie noch nie etwas gehört. Man geht halt nach Altötting oder Tuntenhausen. Einmal ist sie sogar nach Vierzehnheiligen gefahren. Zu den 14 Nothelfern. Aber direkt zu einem Christkind wallfahrten? Womöglich um Besserung ihres Christian, den sie immer Christkindl genannt hatte? Ihre Gedanken gingen hin und her. Der Geschäftsfreund hat auf einen anderen Sender umgeschaltet und verfolgte die Nachrichten.

Eine Woche darauf entschließt sie sich, angeregt durch die Zufälligkeit jener Christkindlsendung am ersten Adventsonntag, zu einer Wallfahrt nach Altenhohenau, dem Dominikanerinnenkloster am Inn, oberhalb Wasserburg.

Sie fährt mit ihrem widerspenstigen Sohn Christian nach Altenhohenau am zweiten Adventsonntag. Das hat einiges überreden gekostet, aber der Bub ist dann doch gegen Aufbesserung seines Taschengeldes mitgefahren, obschon er eigentlich mit Freunden auf den Fußballplatz wollte.

Sie kniet vor dem Prager Jesulein am rechten Seitenaltar und entschuldigte sich, daß sie vor 15 Jahren so leichtsinnig ihr Söhnlein ein »allerliebstes Christkindlein« genannt hat. Aus übermäßiger Mutterliebe hätte sie es getan. Und weil Christians Vater eben verunglückt war. »Das war doch nicht leichtsinnig, denn du hattest nur ihn noch.« Hörte sie das Jesulein sagen. – Christian war längst aus der

Kirche gegangen und hatte den Innstrom entdeckt. Er spielte Flatstone. Es war ihm langweilig.

Plötzlich stieg in ihm aber eine Sehnsucht nach seiner Mutter auf. »Ich bin doch kein kleiner Bub mehr!« Aber er eilte in die Kirche zurück, sah die Mutter immer noch vor dem Prager Jesulein knien. So hat er sie noch nie gesehen. Sie hatte die Hände gefaltet und flüsterte zu der kleinen Christkindlfigur im Altar unterm Glassturz. Er nahm hinter seiner Mutter Platz und horchte auf ihr Gewisper. »Er ist faul und frech. Ich weiß nicht mehr was ich tun soll. Christkindlein, hilf mir! Ja, in Latein und Mathematik fehlt es vor allem. Hilf mir, ich werde ihn nie mehr »mein allerliebstes Christkindlein« nennen. Auch nicht mehr in meinem Herzen.«

Er sah seine Mutter weinen und beschloß auf der Stelle ein anderer Mensch zu werden. Aber schön langsam und der Reihe nach! Erst etwas ruhiger und »braver«. Dann in Latein besser. In drei Monaten vielleicht auch noch in Mathe. Er nahm es sich fest vor. Das Christkind wird ihm hoffentlich helfen!

Und es hat ihm geholfen. Wenn es auch länger gedauert hat als drei Monate. Das kommende

Zeugnis, das Jahresschlußzeugnis war zufriedenstellend. Sein Vorrücken war nicht mehr gefährdet. Und seiner Mutter entschlüpfte wieder »Christian, du heißt nicht nur so, du bist mir tatsächlich ein allerliebstes Christkindl.«

's Christkindl in der Wiegn

Wie ich das zum erstemal gesehen hab: Das Christkindl in der Wiegn, hab ich mir gleich gedacht das kann nicht ganz stimmen, denn beim Evangelisten Lukas heißt es ja ausdrücklich, daß Maria den neugeborenen Jesus in die Krippe gelegt hat, weil in der Herberge kein Platz war. »*Quia non erat eis locus in diversorio*«, weil in der Herberge kein Platz für sie war. Demnach wären ja auch etliche Wiegenlieder nicht wortgetreu. Obgleich man annehmen kann, daß Joseph, der Zimmermann, den kommenden Tag gewiß für eine gerechte Liegerstatt gesorgt hat. Vielleicht helfen auch die Christkindlein in der Wiegn?

Haben in barocker Zeit zwei Eheleut kein Kind gekriegt, haben sie zu einem wundertätigen Christkindl oder zur hl. Margaret ihre Zuflucht genommen. Auch der hl. Leonhard war manchenorts zuständig gewesen. Christkindlwallfahrten kennt man ja viele: In Maria Medingen, in Eichstätt, in Reutberg, in Regensburg und Würzburg usw.

Der Glaube war groß. Bei einfältigen Personen manchmal der Aberglaube noch größer. Der Mirzl, einer jungen Magd beim Viehböck in Unterrossing, ist der Bauer vom ersten Tag an »nachgestiegen«. Die Viehböckin war krank, mußte seit Monaten das Bett hüten. Da war es dem Bauer nicht zu verdenken. Einmal hat sie ihn halt doch erhört. Es war an einem der langen Winterabende kurz vor Weihnachten.

»Wenn meine Bäuerin stirbt, muß ich nochmal heiraten«, hat er ihr zugewispert. »Und grad so ein Dirndl wie du eine bist, tät ich mir am liebsten suchen.« – Unten in der Stuben sangen die Knechte und Mägde den Engel des Herrn. Die beiden konnten die ergreifende Melodie bis in die kleine Kammer heraufhören, wo der Flachs aufbewahrt wurde und wo der Bauer die junge Mirzl hin aus der Menscherkammer, dem Ordinari-Zimmer für die Mägde, umquartiert hatte, damit sie nebenan, in der oberen Stuben, der kranken Bäuerin gleich bei der Hand sein könnte.

Die unerfahrene Mirzl hat von den Plänen des Bauern nicht alles erraten können, aber doch einiges verstanden. Der Neujahrstag war noch nicht lang vorbei, da fühlte sie sich gesegneten Leibes. Sie hat es nicht dem Viehböck von Unterrossing, ihrem Bauern, gesagt, sondern hat sich einstweilen der Stasi, der Großmagd, anvertraut. Denn der Bauer hatte jetzt andere Sorgen. Seine Bäuerin war gestorben und er hatte sie in allen Würden beerdigt. Natürlich hat er um seine Lisl auch getrauert. Sie ist endlich ihrem totgeborenen Kindl gefolgt.

Es wurde Ostern und Pfingsten. Auf den Äckern wuchs das junge Getreide heran, die ersten Fuder Heu wurden hereingefahren. Jetzt merkte ein jeder auf dem Hof die gesegneten Umstände der Mirzl. Aber der Bauer ließ sich in ihrem stillen Kämmerlein nicht mehr sehen. Er hatte die Afra, die junge Tochter des Meierbauern von Viehkirchen als Braut bereits durch Verspruch und Aufgebot fest an der Hand.

»Das Kindl, was in mir ist, Bauer, das ist von dir!« – »Komm mir net a so, Mirzl, es sind auf mein´ Hof noch andere Mannsbilder auch. Mußt halt zu deiner Mutter heimgehen. Hernach zahl ich dir dann schon einen besseren Lohn.« –

Die Mirzl sagte es weinend der alten Stasi. Und die wußte einen Rat. »Mach eine Wallfahrt zum Christkindl von Mariazell, bet andächtig um eine gute Niederkunft! Und hernach wirfst ein Kerndl vom Viehböckgrab in den Opferkasten. Wirst sehgn, das Zeller Christkindl holt dann dein Kindl bald in Himmi und alles ist als wenn nix gschehn waar!«

Die Mirzl ging tatsächlich wallfahrten zum Zeller Gnadenbild. Aber das Steindl vom Viehböck-Grab hat sie nicht in den Opferstock geworfen. Im Gegenteil, sie hat gebetet, daß ihr Kindl ein besonders gesundes und kräftiges werden möchte. Mag die Mutter, eine verwitwete Kleinhäuslerin, noch so schimpfen. Auf einmal wird sie sich doch als Großmutter bekennen, wie bei dem unehelichen Kind von ihrer ältesten Schwester.

Den 14. September, dem Fest der Kreuzerhöhung, gebar die Mirzl im Häusl ihrer Mutter, einen gesunden Buben. Sie ließ ihn auf den Namen Ludwig taufen, und Ludwig hieß´ auch der Viehböck von Unterrossing. Der hatte nur ein halbes Trauerjahr eingehalten und war seit Juni bereits verheiratet. Die Zeiten waren schlecht, Dienstboten gabs zu viel und Bauern zu wenig. So ist die Mirzl auf Allerheiligen wieder bein Viehböck als Stallmagd eingestanden - mit 16 Gulden Jahreslohn. Vorher hat sie acht Gulden gehabt.

Die Jahre vergingen. Es wurde zwanzigmal Sommer und Winter. Und die Mirzl hat nach dem Tod ihrer Mutter einen Taglöhner geheiratet und noch sieben Kinder geboren. Ohne daß sie eine Christkindlwallfahrt gemacht hätte.

Bei der Viehböckin Afra aber wollte sich der Kindersegen nicht einstellen. Sie gingen nach Zell und Reutberg, nach Altenhohenau und nach Wörth, sie wiegten Wiegen, sogar die leere Silberwiegen der hl. drei Madeln von Schildthurn. Und auch auf den Pankrazikirchlein über Reichenhall sprachen sie vor. Nicht einmal die hl. Margaret in Baumburg hat helfen können.

Als Siebzigjähriger suchte der Viehböck seine ehemalige Magd Mirzl auf. Sie hatte mit ihrem Mann gut gewirtschaftet und ein paar Tagwerk Grund dazukaufen können. Auch das Häusl war sauber zusammengebaut.

Der Mirzl war es, als hätte sie auf diesen Tag gewartet. Und auch die Wallfahrt zum Zeller Christkindl in der Wiegn ist ihr wieder eingefallen. »Mirzl, ich bitt dich um deinen ältesten Buben, um den Ludwig, daß er meinen Hof übernehmen möchte, wenn er mag. Wenn er schon eine Hochzeiterin hat, ist mir eine jede recht.«

Nach kurzer Bedenkzeit stimmte Ludwig zu. So ist das Geschlecht der Großbauern des Viehböck von Unterrossing doch nicht ausgestorben. Weil sie, die junge, schöne Mirzl, damals in ihren schweren Tagen kein Steindl vom Grab der Viehböckin in den Opferstock geworfen hatte.

Hat das Christkindl – weitschichtig zwar – doch noch etwas geholfen?

Rorate

Wolken regnet ihn herab! »Er war ja schon da, der Messias. Darum braucht es den ganzen Ramasuri vor Weihnachten nimmer,« sagte der Wagner Loisl oft, wenn er im Dezember schon um acht Uhr in der Früh beim Neuwirt gesessen ist und sein Bier getrunken hat. Seine Frau war vor sieben Jahren verstorben, die Kinder ausgeheiratet und mit der Wagnerei ist nichts mehr gegangen. »Die Bauern brauchen keine Holzradeln mehr, sie fahren alles auf Gummireifen.«

Gottseidank war die Neuwirtin seine Tochter Zenta. Der Wirtsmicherl hat sie geheiratet, obwohl er gewußt hat, daß sie nicht viel Heiratsgut mitkriegt. Er hat sie wegen ihrer »Schön« geheiratet. »Dirndl, du brauchst kein Heiratsgut, du wirst einmal wegen deiner Schön geheiratet«, hatte der Vater zu ihr oft genug gesagt. Und er hat der Zenta viertausend Mark auf Hypothek mitgegeben. Immerhin, der junge Wirt hat es angenommen. – Die Liesl und die Babettl haben auch so viel bekommen. Jetzt hat er die zwei Tagwerk Wald verkauft und die Bachwiesen dazu. Und es hat doch nicht gelangt. »Jammern wir net, das Geld ist überalln zu wenig. Sogar in Bonn dem Herrn Adenauer.« Und dann setzte er noch manchmal hinzu: »Und meinen Buben, den Loisl haben die Russen derschossen!«

Von der Kirche herüber konnte man um halb acht Uhr jeden Tag das berühmte Adventslied »*Tauet Himmel den Gerechten*« hören. Mit diesem Lied hörte das tägliche Rorateamt auf. Die Leute waren ergriffen und gingen in den grauen, kalten Tag hinaus. Der Boden war zugefroren. Der Rauhreif hing an den Schneestangen. Weihnachtlicher wäre es noch, wenn es schon geschneit hätte.

Der Wagner Loisl, ein rüstiger Siebziger, strebte um die Zeit dem Wirtshaus zu. Zwischen Aumühle und Schneiderhäusl am Dorfende begegnete ihm jetzt täglich die Binder Lies, seine Nachbarin, vom Rorateamt heimgehend. »Guten Morgen, Liesl, ist er heut kommen der ersehnte Messias?« Die Lies gab dem in der Früh zwar noch nüchternen Trunkenbold keine Antwort. Einige Minuten später saß der »Wagner am Holz« dann ohnehin am Ofentisch im Gasthaus seiner Tochter. »Dös ist praktisch, wenn man eine Tochter hat, die Wirtin geworden ist«, meinte er gemütlich und bestellte sich bei der schlaftrunkenen Kuchelmagd eine halbe Bier. Die Kellnerin kam erst um zehn Uhr. Sie mußte dem Wagnervater schon die dritte Halbe kredenzen. Und kam dann endlich die Chefin mit dem kleinen Micherl in die Stube, der dem Großvater ein »Ei-Ei« geben mußte, dann war der Opa erst vergnügt und wollte nicht einmal mit dem Herrn Bürgermeister tauschen. »Der Bub ist mein Messias. Der ist aus Fleisch und Blut und nicht von den Wolken herabgeregnet. Komm nochmal her zu deinem Opa, Micherl, darfst von meinem Krügerl trinken!«

Es wurde Mittag, die Dorflehrerin verzehrte eine Sterndlsuppe und ein paar Wiener Würstl. Sie gab dem Dauergast nicht an, obwohl er ihr einige theologische Gedankenblitzer serviert hat. »Mein liebes

Fräulein Lehrerin, ich hab auch schon bange Nächte mitgemacht in meinem Leben, aber einen Helfer hab ich nie gebraucht. Ah, was, Sie haben gewiß auch dieses Adventsliedl mitgesungen heut beim Englamt? Ich mach Ihnen keinen Vorwurf, ich kenn das Leben: Ein anständiger Wagnermeister ist nicht mehr gefragt. D´Leut fahrn mitm Automobil und nimmer mit der Chaisen. Ich sag Ihnen den wahren Adventsspruch: Alles ist ein Schwindel!«

Die Fräulein Lehrerin zahlte und verließ die Lokalität. Jetzt kam die Wirtin und beruhigte ermahnend den Vater. Sie lud ihn gar zu einem Mittags-Schläferl ein, oben in ihrer Privatstube. Ist es bei ihm mit dem Zechgelage Mittag geworden, hat er das Angebot immer angenommen und oft gleich zwei Stunden geschlafen. Manchmal ist er auch verschämt heimgegangen. Nach dem Schläfchen war die Gaststube meist schon voller Leut. An drei Tischen spielten sie Schaffkopf, an einem vierten Tarock, an einem fünften das uralte Bauernspiel »Wallachen.«

Zu den Wallachern setzte er sich, der Wagnermeister, gern hin und machte den vierten Mitspieler, daß es jeweils einen Geber und Zuseher gegeben hat. Und er hat verspielt, zahlte er mit adventlicher Bemerkung:» Herr Pfarrer, jetzt hab ich wieder keine Verheißung gehabt. Und keinen Mittler auch nicht. Indem drei Stich zu wenig sind.«

Am späten Abend wackelte er dann heim. Er hatte höchstens eine Viertel Stunde zu gehen. Wenn er den Weg über den Auerbach-Steg genommen hätte, wären es kaum zehn Minuten gewesen. Aber er ging jetzt im Winter immer an der Aumühle vorbei und sang das Roratelied »Tauet Himmel den Gerechten!« – Das hatte schon auch eine gewisse Adventstimmung, wenn der betrunkene Wagner Loisl heimwärtswackelnd im Dezember das uralte Adventslied gesungen hat. Es war die Gläubigkeit eines verstockten Sünders, der dem Herrgott immer noch bös war, daß er seinen einzigen Sohn, den Loisl hat fallen lassen und ihm »nur« drei Töchter geblieben sind. »Der Loisl hätte die Wagnerei nie aufgegeben. Der hätt eine Holzfabrik. Der tät Schaufel- und Rechenstiele machen, Kinderschlitten und Rasierpinsel, Sessel und Traktoranhänger. Vielleicht sogar Kinderwiegen? Am End gar Christkindl-Wiegen?« So konnte er seine Wachträume artikulieren. Dann sang er wieder das Haunersche *»Tauet Himmel den Gerechten«*. Nach dem Roratebesuch hatte ihm der Bürgermeister den Brief von dem Schicksal seines Sohnes Loisl 1942 vor der Friedhofmauer persönlich übergeben. Und er hat ihm obendrein gratuliert zu dem Opfer, das er für Heimat und Vaterland hätte bringen dürfen. – Die Neuwirtin ist damals erst in die dritte Klass' Schul' gegangen. »Na, ja, der kommt nimmer. Und der Messias war ja schon da...« Daheim in seinem einsamen Wagneranwesen sagte er kein Wort. Da blieb er so stumm, daß seine Einsamkeit »hörbar« wurde.

Es war das letzte Jahr der Adenauerregierung angebrochen. Der Loisl war zweiundsiebzig und immer noch ein Gegner des Adventliedes. Nur am Heiligen Abend ging er ins Rorateamt und sang das *»Tauet Himmel«* andächtig und kräftig mit: Die Leut haben sich umgedreht, sie konnten an seine »Bekehrung« nicht glauben. – Nach dem Rorate ging er beim Neuwirt vorbei und gleich heim. Erst gegen fünf Uhr kehrte er bei seiner Tochter zu und brachte dem Enkel ein selbstgedrechseltes Steckenpferd mit. »S' Christkindl, oder wie man sagt, hätte es für den kleinen Micherl bei ihm stehen lassen.« Dann trank man beim Neuwirt Punsch und auf den Tischen standen gefüllte Teller mit Plätzerln.

Der Opa aber blieb lieber beim Bier. Sechs Halbe brachte er doch noch zusammen bis zur Christmette.

Tatsächlich ging er mit seiner Tochter, der schönen Wirtin, in die Mette. Da haben sich die Leut wieder gewundert. Er hörte die Predigt und die anheimelnde Messe vom Kemter, sang am Ende der Metten bei abgeschalteten elektrischen Lampen, also nur bei Kerzenlicht, das »Stille Nacht, Heilige Nacht« mit einiger Ergriffenheit und weihnachtlicher Romantik mit. Und dann ging er schnurstracks heim. »Daß der Opa so ganz anders geworden ist, fremdelt mich direkt an«, sagte die Wirtin zu ihrem Mann. »Kein Spott mehr und auch nicht mehr dieses fürchterliche »Alls ist a Schwindel.«

Den Weihnachtstag ließ er sich nicht sehen. Am Stephanitag ist er noch nicht zugekehrt. Die Wirtin rannte aufgeregt ins Vaterhaus. Es war versperrt. Sie hatte den Schlüssel. Kein Vater im Haus. Was ist denn passiert? – Die Aumühlerleut haben ihn auch nicht gesehen. Sie alarmierte die Feuerwehr und die Polizei. Am späten Nachmittag des zweiten Weihnachtsfeiertages haben sie ihn dann im Mühlbach gefunden. Er war vom Steg gestürzt. Wär er doch die Straße heimgegangen, über die Aumühle, wie er im Rausche immer getan, wär ihm nichts passiert. Aber nein, einmal nüchtern, traute er sich über den Steg. Da ist er ausgerutscht. Niemand hat seine Hilferufe gehört. Es hat die Mettennacht über geschneit. Es ist kalt geworden. Vielleicht so kalt wie seinerzeit in Rußland? Und bei uns hatte man damals noch den Brauch des »*Christkindlanschießens in der Mettennacht.*« Es hat aber nur der alte Jäger-Sepp einen Schuß getan.

Der Muserlkoch

Der Rupertiwinkel ist eine besonders christkindlnahe Gegend. Nicht nur daß im österreichischen Laufen in Oberndorf das »Stille Nacht, heilige Nacht« entstanden ist, man hat hier immer schon gern musiziert und Christkindlkomödien aufgeführt. Und das haben wieder die Schiffsleut´getan, die ja im Winter arbeitslos gewesen sind. Der Laufener Chronist Gentner schreibt:

»Solange die Schiffahrt dauert, ist wohl der Unterhalt mehr als gesichert, allein wer sich während dieser Zeit nichts für den Winter zurücklegen will oder kann, wird in derselben Not leiden müssen. Als

Erwerbsquellen im Winter wurden von jeher das Singen, Hirtenspielen, Sternsingen sowie das Theaterspielen betrieben. Gegenwärtig spielen zwei Schauspielergesellschaften, ihre Vorstellungen sind natürlich und sittlich. Da es ihnen an Talenten nicht mangelt, sind ihre Leistungen sehr achtenswert.«

Und über den Spielplan, über das Repertoire ihrer Stücke, schreibt Johann Pezzl in seiner *»Reise durch den bayerischen Kreis«: »Besondere Spektakel geben den Winter über die Schiffsleut von Laufen. Diese Schnurren sind die vollkommensten Kopien von Shakespeares Pyramus und Thisbe. Man sieht die Hans Schnok, Klaus Zettel etc. lebhaftig vor sich. Sie produzieren Stücke aus der heiligen und profanen Geschichte, Intrigenstücke, Charakterstücke, Lust- und Trauerspiele, in Prosa und Versen. Man sagt, ihr Theaterdichter sei ein Geistlicher, welches mir wahrscheinlich ist, denn es herrscht in ihren Stücken sehr viel Brevier-, Lebenden-, Schule- und Klosterwitz. Was mich besonders frappierte, war, daß viele dieser Matrosen ihre jämmerlichen Rollen nicht bloß mittelmäßig, sondern wirklich gut spielen.«*

Und weil die Spielzeiten in den Advent und Winter fielen, ist es geradezu natürlich, daß man Krippenspiele, Weihnachtslieder und dergleichen ganz besonders pflegte. Darum ist denn auch Laufen eine Hochburg des weihnachtlichen Brauchtums geworden.

Salzburg hatte ja schon im 14. Jahrhundert etliche berühmte Weihnachtslieder gehabt. Der dichtende Mönch von Salzburg, ein Pseudonym, unter dem sich, wie erst die jüngste Forschung beweisen konnte, zwei Persönlichkeiten verbergen, nämlich der Abt von St. Peter, Johannes von Rossessing, bei Mühldorf gebürtig und der Kaplan Martin Kuchlmeister, ebenfalls ein gebürtiger Mühldorfer; sie haben uns mit hoher und inniger mittelhochdeutscher Lyrik beschenkt. Von Abt Johannes stammen vier liebe Marienlieder und Kuchlmeister schrieb eines der zartesten süddeutschen Weihnachtslieder, das heute noch gern gesungen wird: »*Ach Josef, lieber Josef mein, hilf mir wiegen mein Kindelein...*«

Wie mag so eine Christkindlkomödie ausgeschaut haben? Zuerst einmal die Herbergsuche mit den bösen Wirten und Hausknechten von Bethlehem, dann die Engeln bei den Hirten und die Hirten am Kripperl, wo sie was herschenken. Danach noch eine ganz lustige Szene mit dem heiligen Josef beim Muserlkochen. Da hat sich der gute Zimmermann oft recht dappig angestellt, hat die Milch ins Mehl hineingeschüttet, hat rumgeschmiert und sich angedreckt, hat gar die Schnapsflasche mit der Milchflasche verwechselt! Man muß sich wundern, daß diese Exzesse des heiligen Zimmermannes fürsterzbischöflich so stillschweigend geduldet wurden. Im Salzburgischen ist halt der Sepp kein trauriger Heiliger.

In einer Strophe eines Hirtenliedes heißt es:

Iatz sama schon dada, gelobt sei Jes' Christ!
Seids aa auf, mein Heiland, weilst no amal da bist!
O wunderschöns Kindl, was müaß ma dir gebn?
A Milli zum Ko', daß d' hast ebbas z'leben.

Dir, o schöne Jungfrau, gab i gern ebbas Liabs:
Da Most waar für di' recht, er is zuckersüaß.
Du Sepp, kriagst an Brandwein, geh trink di no voll!
Und tua mir net gschami' – is a Kerscha, woaßt wohl!

Der Engel des Herrn

Die Roratepredigten der bayerischen Barockprediger *»für alle Tage im Advent«* lesen sich anheimelnd und strömen eine liebe, fast märchenhafte theologische Gelehrsamkeit aus. – Eine gute halbe Stunde lang ist damals bei jedem frühmorgendlichen Englamt also gepredigt worden. Es sind fast musikalische Kanzelreden, zart und anheimelnd wie ein Adventsingen der Rokokozeit.

Die bayerisch-barocke Theologie der damaligen Prediger hatte einen originellen Schmelz. – Auffällig häufig ist von der *»hypostatischen Union«* die Rede, von der Vereinigung der göttlichen und menschlichen Natur in dem jungfräulichen Leib Mariens. Das war ein zentrales Thema der Theologen an der Salzburger Benediktineruniversität im 17. Jahrhundert gewesen. Ja, schon bei den Konzilsvätern im 4. und 5. Jahrhundert.

»*Von dem nazarenischen Friedenstractat zwischen Himmel und Erden*« doziert P. Simon Oberascher. Andere sprechen von dem »*paradeisischen Apfel*« und fragen, ob der nicht die Kriegsursach gewesen? Oder sie fragen, warum Gott ausgerechnet seinen Sohn hat Mensch werden lassen? Und warum er das Christkindlein nicht als Mädchen, sondern als Knäblein auf die Welt hat kommen lassen? Warum nicht der Heilige Geist den Friedenspakt geschlossen? Und warum ausgerechnet in Nazareth, im Loretohaus der heiligen Jungfrau, dieser Frieden hat geschlossen werden müssen? – Wo es doch viel berühmtere Städte gäb, z.B. Wien und München, Augsburg und Paris oder Rom?

Eine andere Adventspredigt befaßt sich mit der pfiffigen Frage, warum denn ausgerechnet der Erzengel Gabriel als Gesandter der göttlichen Botschaft zu Maria nach Nazareth ist geschickt worden und nicht der Erzengel Michael, dem das eigentlich zugestanden? – »Weil halt die Obristhauptleut´ und Generale nicht die besten Friedensdiplomaten sind. – Und warum aber auch nicht die großmächtigen Erzengel Uriel oder Raphael? – Wo doch der Raphael mit dem Tobias auf die Brautschau gegangen und als himmlischer Progoder und Hochzeitslader sich schon ausgekannt hätte!«

Über jeden Erzengel wird was Großes, etwas Schönes und etwas Lustiges gesagt. So über den Uriel, daß er der »cherubinische Paradeiswachter sei und auch als eine Art Sturmwind dem Heiligen Geist vorauseile, obwohl man sonst nicht viel weiß über ihn.« – Sankt Michael wird der »große Teufels-Stößer« genannt, der den »stolzisten Luzifer in den höllischen Abgrund gerennt« habe.

Gabriel ist auserwählt worden. Maria, die Botschaft zu bringen. Und warum? – Weil sein Name der richtige ist. Gabriel heißt: »fortitudo Dei«, Stärke Gottes. – Und ein starker Gesandter, mit einem imponierenden Namen, richte allerwege das Beste aus.

Das Schönste aber an so einer weitschweifigen barocken Roratepredigt sind die tiefgläubigen Antworten, die mit zu Herzen gehender Naivität Unfaßbares erläutern.

»Auf jedes Warum, geliebte Zuhörer, will ich anjetzo ein klärendes Darum setzen. Nur diese folgenden Fragestücklein könnten noch immer nicht ganz klar beantwortet werden: Wie, wann, zu welcher Zeit die Engels-Person zu Maria gekommen sei.«

In der Zeit, meinen die Prediger, variierten die hl. Kirchenväter am meisten. Die einen sagen, etwa um Mitternacht sei Christus im Schoße der Jungfrau empfangen worden. Und das sei nicht die schlechteste Zeit. Die anderen aber geben als gewiß die Morgenstunde an. Und Dritte wieder meinen mit Bedacht, daß der Gabriel zu Mittag gekommen sei. Und dann ruft Pater Ignatius Ertl aus München, Augustinerbarfüßer, nachdem er alle die drei möglichen Empfängniszeiten aufgezählt hat. »Und weilen man dessen keine Gewißheit hat, also läutet die katholische Kirche in der Früh, zu Mittag und gegen den späten Abend das Ave Maria.« Der Engel des Herrn brachte Maria die Botschaft...

Wie schlicht und undogmatisch! Dann kommt es noch fröhlicher. Der Münchner Augustinerpater ruft den frühmorgentlichen Rorateamtgehern zu: »Und was seine Person anlanget, so ist der Erzengel Gabriel nicht in Engels-Gestalt als Geist, sondern in einem angenommenen menschlichen Leib, nicht als Greis, als ein schöner, feuriger Jüngling der Junfrau Maria erschienen. Denn, kam Gottes Sohn als ein Mensch zur Welt herab, so mußte sich auch der Engel nicht schämen, die menschliche Leibsgestalt an sich zu nehmen.« »*Non est servus major Domino*«, der Knecht ist nicht mehr als sein Herr. »Und muß sich allzeit der Diener in der gleichen Liberey seines Herrn bekleiden...«

»*Wie lange er sich aber bei Maria aufgehalten, ist ungewiß. Etliche Lehrer sagen, Gabriel sei nicht lange bei Maria geblieben und ihm sei immediate der Sohn Gottes nachgefolgt und als ein Mensch in Maria empfangen worden. – Hingegen Cornelius a Lapide, wie auch Eusebius Nierenbergius, ziehen aus einer Offenbarung, daß sich Gabriel neun Stunden bei der Jungfrau aufgehalten habe...*« (Ignatius Ertl, Roratepredigten, Erstes Adventualis, 8. Predigt)

Freudig klingt alles. Unsere modernen Theologen sollten die Barockprediger, diese verrufenen Skribenten des 17. Jahrhunderts, lesen, dann könnten sie sich in der Frage der »Menschwerdung des Wortes« spitzfindigen Peinlichkeiten verhüten. Man glaubt heut nicht mehr daran, daß der Erzengel Gabriel als ein von Gott bevollmächtigter *»Plenipotentiarius«* seine Friedens-Legation mit dem einzigen Wörtlein *»Ave«* vorgebracht habe. Daß er in feuriger Jünglingsgestalt mehrere Stunden im *»Lustgärtlein der allerseligsten Jungfrau Mariae«*, zugebracht hätte. Ertl beschreibt ausführlich das nazarenische Lustgärtlein als *»ein Paradeisl und rosenduftendes Pavillion«*. Wie es kein Fürst in seinem Park hätte.

»Fiat mihi secundum verbum tuum.« Über die Marianische Antwort hat er nicht viel zu sagen.

»Diversorium paratum«, heißt das große Adventsthema eines anderen Predigermönches aus dem Benediktinerstift Ottobeuren, des Namens Sebastian Textor. – Er weiß in seinem Adventkalender hundert Vorschläge und nennt viele Vorbilder, die dem Herrn täglich einen Strohhalm wenigstens ins Kripplein legen. Er führt Leute vor, die sich im Advent bekehrt haben, die dem neugeborenen Christkindl »in ihrem Herzenskripperl eine schöne Wiege geschnitzt haben.« Dann erzählt er auch von wunderbaren Bekehrungen, wie z.B. ein uralter boshafter und hab-

gieriger Greis, der sich und den Seinen seiner Lebtag nicht die Wassersuppen gegönnt, wie der sich im Advent beim Rorateamt auf wunderbare Weise bekehrt hätte und daraufhin wieder jung und kräftig geworden und seine junge Magd geheiratet hätte.

Ei freilich! Es muß alles fröhlich sein auf Weihnachten, auch wenn der Advent schon manchmal bitter gewesen!

Kaiberl-Heu und Mettensuppn

Am Heiligen Abend, an Sylvester und auf Dreikönig wird »geraucht«. Der Hausvater geht mit seinem Rauchfass, meistens ein altes Kohlebügeleisen, in dem auch wie in einem echten Rauchfass, rotglühende Holzkohlen mit etlichen Weihrauchkörner sind, durch Haus und Hof, in Stall und Garten. Der Bub folgt ihm mit einer Tasse Weihwasser und sprengt dem Weihrauch mit einem Rosmarinzweig fleißig nach. Erst wurden die Leut angeraucht, dann die Kammern und Betten. Nichts wird vergessen. Am Ende dieses »Rauchens« brennt in der Stube der Christbaum. Aber wir haben noch andere Weihnachtsbräuch. Z. B. die Mettensau, vornehmer auch »der Weihnachter« genannt. Christlich-menschlicher läßt sich die Volksfrömmigkeit nicht mehr formulieren. Und darf sich nur der Mensch gute Tage antun auf Weihnachten?

Soll nicht auch das liebe Vieh im Stall ein bißchen was spüren vom Heiligen Christ?

Nicht auch die Obstbäum und das Holz, die Wiesen und Äcker? – Die ganze Welt?

Also muß auch zu den Kühen und Kälbern, zu den Rössern und Schweinen das hl. Christkind kommen.

Was eine alte Bäuerin ist, eine Stalldirn oder eine Schweizerin, die weiß noch, daß man am Heiligen Abend auch etwas an das liebe Vieh gedacht hat.

Unter der Arbeit, derweil man melkt und füttert und mistet, summts und klingts in einem oft schon recht christkindlhaftig und man hat allerweil ein Lied im Kopf. Bald summt man, bald brummt man wieder: »Geh weiter, Ochs, steh um und tu net gar so stinkfaul, als wärs schon Mitternacht und du standst bereits im Kripperl drin!«

Und wieder singt man eine Weis. – Und nach dem letzten Abfüttern steigt man dann nochmal hinauf auf die Obern im Heustock und wirft ein wenig ein Kaiberl-Heu hinunter beim Loch. Ein wenig mehrer, als die Kaiberl fressen, weil man heut den alten Kühen was zustecken will – als ein Christkindl!

No freilich, solln sie auch was spürn von der heiligen Zeit, die braven Kühe. Ein Bäuscherl Kälberheu kriegt ein Jedes. Auch der alte Ochs, der drauf bereits gewartet hat, ich kenns ihm an. Da beißt er mit seinem gschleckigsten Maul. Und wahrscheinlich freut ihm das Widerkäun noch?

Finster werds, bald allweil naha
Kimmt die Zeit jetzt na' zum Raacha.
Schon glühn die Kohln im Bügeleisen,
Und die Tant singt Hirtenweisen.
D'Mama hat mir noch in Weihbrunn tan
Ein Zweigerl, daß ich spritzen kann.

Nach Weihrauch schmeckts gent überall',
Im ganzen Haus und auch im Stall.
Bei die Ross' und bei die Küah
Schmeckt man ihn morgen noch in der Früah.
Mir raachan, spritzn bei die Säu,
Heut kriegt der Ochs ein Kaiberl-Heu.

Auch bei die Hühner hab' ma gschwind
Ins Loch neinblast den hl. Wind.
Die Leg-Gäns ruckan, schnaufen auf,
Die Schafei bsonders lusen auf!
Dem Bello in sei' alte Hütt'n
Muß i an Weihrauch einischüttn.

Im Stadl die Heustöck raach ma an,
Im Getreidebodn obn as Saamtroad no,
Grad die schwarz Katz, die leckt sich die Pfoten,
Als wisserts nix vom Himmelsboten.
Und kommen wir zruck – is die Rauhnacht um,
's Christkindl is drin schon in der Stuben.

2000 mal Weihnachten

Welcher Gott kann schon 2000 mal das Fest seiner Geburt feiern? Und doch: Wir warten immer wieder auf die Ankunft des Herrn, die Kaufhäuser erwarten Riesenumsätze. Die Christkindlmärkte machen das meiste Geschäft mit den Bratwürsten und mit dem Glühwein. Das ist Gott sei Dank menschlich. Die Kripperlfiguren, der Christbaumschmuck, die Rauschgoldenglein, Spiele, Lebkuchen, Weihnachtsgebäck usw., kommen erst an dritter und vierter Stelle. Am beliebtesten sind immer noch die Computer mit Internet.

Ein Kletznsepp als eine Art Kripperlhirt oder Nikolausgefährte kostet im Einkauf kaum drei Mark. Auf dem Christkindlmarkt verlangt man 17 und 20 Mark.

CD-Platten mit Weihnachtsweisen hörst du aus jedem zweiten Stand. Weihnachten berauscht das Puplikum und macht einen gefühlsstarken Eindruck. In den meisten Städten der USA gibt es das ganze Jahr über Weihnachtsläden und Weihnachtsmärkte. Die einkaufende Liebeskraft des neugeborenen Gottes will die Menscheit immer gegenwärtig haben, nicht nur im Dezember.

Ärgern wir uns nicht darüber! Der »Gerechte« wird auch morgen noch herbeigesehnt, der endlich klare Verhältnisse schafft, der die unerträgliche Korruption beendet. In den Ländern geradeso wie in den Gemeinden. In den Betrieben gar. In den Familien? Auch bei den Singles. Die Preise dürfen nicht mehr steigen! Tu conversus et vivificabis nos, wende dich uns zu und gib uns neues Leben! Auch die Alten wollen ein neues Leben, wollen jünger werden und keinen Wehdam mehr aushalten müssen.

Es ist immer Advent, die Menschheit wartet auf

ein neues Morgen. Gleich gar, wenn ein neuer Herr das Regiment übernimmt, wenn ein neues Jahrzehnt, ein neues Jahrhundert vor der Tür steht. Es kommt eine andere, eine bessere Zeit. Die Hoffnung hört nie auf. Der König ist tot, es lebe der König! Es ist 1918, 1933 und 1945 weitergegangen! War die Not auch groß! Und wenn gar ein neues Jahrtausend beginnt?

Die Christenheit hat Angst vor neuen Jahrtausenden. Bricht der *»Jüngste Tag«* an, kommt das letzte Gericht? In großen Ängsten haben sie anno 999 am Sylvestertag gebetet. Die gelehrten Computisten, jene Historiographen, welche die Zeiten seit Anfang der Welt bis zum jüngsten Tag berechnet haben, prophezeiten den Weltuntergang. Viele Menschen haben die Ängste nicht ertragen, sind vor Schreck zu Weihnachten 999 verstorben.

Das Kommen des neuen Jahrtausend erweckt in uns keine Angst mehr, es macht uns nur neugierig. Etliche Computer sollen »abstürzen«. Der Euro nähert sich dem Dollar. Kein Mensch denkt an einen neuen, noch nie dagewesenen Kometen.

Das neue Jahrtausend wird den Untergang der Menschheit nicht in einer schlagartigen Blitzaktion inszenieren. Der Höllenschlund steht seit langem offen. »*Alkohol und Nikotin rafft die ganze Menschheit hin*«. Ohrenbetäubende Antimusik gefällt den jungen Leuten. In Dörfern und Kleinstädten ist niemand mehr unterwegs. Alle sitzen sie vor dem Fernsehschirm. Kriminelle Filme werden immer grausamer, aktivieren täglich tausend Mörder. Eine Partei fordert die Stillegung der Atomreaktoren der ganzen Welt. Der Fortschritt der Wissenschaft verdoppelt sich jedes fünfte Jahr. Nur starke Friedenstruppen von Nato und UN können und werden Kriege verhindern.

Tauet Himmel den Gerechten! Wir hoffen auf das neue Jahrtausend. Selbst auf die Zurücknahme der allzu lauten Rythmen der Antimusik. Nicht mehr die Tiersendungen sollen höhere Einschaltquoten haben als dialoglose Aktionsfilme, unmenschlich häßlich gewordener Schauspieler. Revolverhelden sind »in«.

»Glauben Sie´s, die Tiere sind bessere Schauspieler als wir Menschen«, hat Josef Meinrad manchmal gesagt und hat mit seinem Hunderl gesprochen oder mit seiner Mietzikatz.

Das kommende Jahrtausend wird den Kartellen, Gewerkschaften und Großbanken noch mehr Einfluß schenken. Ihr Schauspieler und Regisseure, die ihr im kommenden Jahrtausend euch um Einschaltquoten bemüht, denkt doch ein wenig an Friedrich Schiller, (net gähnen und lächeln!) der da einmal sich mit den mahnenden Worten an »Die Künstler« gerichtet hat: *»Der Menscheit Würde ist in eure Hand gegeben, bewahret sie! Sie ist mit euch! Mit euch wird sie sich heben!«*

Alle werden in diesem Advent vor den Bildschirmen sitzen. Auch vieler Leute Kinder. Nur Wenige mögen selber sich auf die Ankunft des Herrn vorbereiten und singen: Tauet Himmel den Gerechten!

Der Adventsgeruch des neuen Jahrtausend macht uns neugierig. Welche Erfindungen werden angepriesen werden? Immer neue »Innovationen« bestimmen unseren Alltag. Und immer schwierigere Apparate bringen sie. Jeder Knopf hat sieben Funktionen. Die müssen sie mit sechs anderen Knöpfen richtig kombinieren! Nach siebenmal acht Stunden ist ihre Geduld zu Ende. Das spielt keine Rolle, die Mäuse klicken, die Konkurrenz schläft nicht.

Wie schön einfach und bequem war das Telefonieren vor fünfzig Jahren gewesen! Innovationen machen das Leben täglich schwerer. Aber nur Innovationen schaffen neue Arbeitsplätze? Wann endlich erfinden sie ein total überflüssiges Regenschirmgriffputzgerät? Der neuesten Videorecorder bin ich müde. Sie funktionieren nur selten. Ansprechend ist ein Rauschgoldengel über einer Spieluhr, die dreimal *»Stille Nacht, heilige Nacht«* spielt. Der Engel dreht sich dazu. Ein alter Hut, keine Innovation mit neuen Arbeitsplätzen.

Nicht Engel, Mensch, wollte Gott werden. »Was gebeten die Engel darumb«, ruft um 1600 der Münchner Augustinerbarfüßer P. Ignaz Ertl aus, »wie hoch schätzten sie sich, wann von ihnen gesagt würde: Gott ist ein Engel und kein Mensch geworden. Wenn er sich eher »verengelt als vermenschlicht« hätte. Aber nein, er hat dich, o menschliche Natur als seine demütige Esther für seine Gespons erwählet.«

Und ausgerechnet in Nazareth sei das geschehen? Wo doch schon der Apostel Nathanael ausgerufen hätte: »Kann denn aus Nazareth etwas Gutes kommen?«

In Nazareth jedoch war der Leib der allerschönsten Blume aufgewachsen, der Leib der allerseligsten

Jungfrau Maria. Sie allein hat den Nazarener gebären dürfen, denn sie hat ohne Zaudern gesprochen: Fiat mihi secundum verbum tuum, mir geschehe nach deinem Wort.

Und das sollten auch wir tun, ohne lange zu überlegen, ohne Angst vor dem kommenden Jahrtausend: Es geschehe uns alles nach dem Willen des allmächtigen Gottes. – (Bleibt uns eh nix anders übrig.)

Tauet Himmel eine schönere Zeit! Sie können es glauben: Ein besseres Jahrhundert wird dem 20. nachkommen. Doch, doch! Mit vielen subventionierten Innovationen wird es unser Leben zu einem Spaßettl machen. Denn mit der hohen Nummer 2000 vor jedem Jahr ist man langsam gescheit geworden und blamiert sich vor den Geschichtsschreibern ungern. Ist der Fortschritt ein Betrug? Sind die meisten Innovationen ein Schwindel?

Der Rauschgoldengel

Ein leises Rauschen lüftet durch die Wohnstuben, heimlich und lieb. Sind das nicht die Englein der diesjährigen Weihnacht? Oder ist es doch nur der goldene Flitter der verzauberten Tanne? Sind es die Sternwerfer und Kerzen, die roten, blauen, silbernen und goldenen Kugeln? Blinkt im Verborgenen das Lametta, oder knistert gar das Engelshaar?

Als ob die Engel Gottes Haare hätten! Und wächserne Gesichter? Und einen plissierten, langen und weitauslaufenden Faltenrock aus Goldpapier, samt Mieder oben daran und mit reizvollem Goller? Engel, mit weiten Ärmeln und zwei Kerzen in den Engelhanderln der weitausgestreckten verkündenden Arme! Und hält er im rechten Handerl eine Fernreise nach Mallorca und im linken 14 Tage Skihotel in St. Moritz?

Nein, so sah er nicht aus, jener erste Weihnachtsengel, der den Hirten auf den bethlehemitischen Feldern erschien und mit tiefer Stimme das Evangelium sang: Ecce evanggelizo vobis gaudium magnum! Fürchtet euch nicht, ich verkünde euch eine große Freude! – Das war kein Rauschgoldengel, das war schon eher ein Erzengel!

Kein anderer Engel unter den himmlischen Heerscharen erscheint uns seit Jahrtausenden so anziehend und fröhlich wie dieser bethlehemitische Weihnachtsengel. Er muß doch als das Urbild des Rauschgoldengels gelten. Auf seinem wächsernen Haupt, dessen Wangen von einem zärtlichen Rouge ein beinah engelreines Damengesichtlein verraten, glänzt das Krönlein der angelischen Heerscharen; und weißes, leuchtendes Haar, aus überaus feiner Kunstglasfaser entwickelt – früher war es nur aus Watte – wallt in reicher Lockenpracht unter dem Diadem den Rücken hinab, auf dem die Flügel aus bester Goldfolie verhältnismäßig massiv befestigt sind. Es rauschen seine güldenen Gewänder und er ist ein Engel, ein herrlicher Rauschgoldengel.

Ethymologisch schwer erklärbar ist sein Name. In alten Bergwerksbüchern wird das giftige rote Arsenik als »Rauschgelb« bezeichnet. Oder steckt doch das gewöhnliche Rauschen in dem geheimnisvollen Namen? Eine lautmalende germanische Bildung ohne indogermanische Beziehung, belegt als »rüscan« und »rüschen«, was krachen, sausen und schwirren heißt. Auch das ordinäre »Rausch« hängt damit eng zusammen.

Mit Verlaub gesagt, am heutigen Tag: Ich hab einen Rausch, meine Frau ist ein Engerl und ein Geld hat sie auch. Also ist sie ein Rauschgoldengerl.

Im Lexikon der Theologie und Kirche wird der Rauschgoldengel nicht geführt. Weder in dem evangelischen noch in dem katholischen Nachschlagewerk. Und dennoch ist er heutigentags noch der einzige Engel, der uns erscheint. Eine nicht mehr überbietbare kommerzielle Holdseligkeit göttlicher Botschaft! Welch anscheinende Diskrepanz zwischen Rauschgoldenglein und Christkindl und dem Sohn

Gottes, den Erzengeln Gabriel, Raphael, Michael, Uriel, den Herrschaften, Thronen und Mächten und den Cherubin und Seraphin!

In den Rundfunknachrichten, in den Zeitungen und in der Tagesschau des Fernsehens ist nicht mehr die Rede von Engelserscheinungen. Gott schickt uns keine echten Engel mehr, nur noch Rauschgoldengel. Gefertigt von Hunderten von fleißigen Heimarbeiterinnen alle Tage des Jahres, vertrieben von großen Spezial-Versandhäusern mit Direktion, Verkaufsleitung, automatischer Buchhaltung, seriösem Empfang und großem Kundenparkplatz. Ein irdischer Betrieb mit orbitalen Geschäftsverbindungen. Christbaumschmuck und Rauschgoldengel! Jahraus, jahrein weihnachtliche Stimmung. Sind es Zigtausende in allen Größen, oder sind es Hunderttausende, die von dieser Zentrale aus, in Kartons verpackt, der Welt das Weihnachtsevangelium verkünden? Die Produktionszahl wird geheimgehalten. Ein großer Teil der reichhaltigen Rauschgoldengel – es gibt sie in gut einem Dutzend verschiedener Größen – erweisen sich als verkaufspsychologische Wunderkinder in dem profanen Weihnachtsgeschäft. Sie fallen den Schaufensterdekorateuren in die Hände. Zusammen mit einem Heer von heiligen Nikoläusen intensivieren sie die Werbung der Saison, zieren sie die Auslagen, mahnen sie die Vorübergehenden zum Einkauf frohmachender Geschenke.

Die Welt ist voller Engel, kein Mensch soll einsam sein. Mit beschneiten Flügeln schweben sie hernieder, tröstend und Freude verheißend, denn es ist ein Kommen und Gehen im Himmel. Und stirbt ein guter Mensch, ein unschuldiges Kind, so geleiten Englein seine Seele in die Herrlichkeit des Himmels. Die Boten Gottes sind immer um uns. Besonders jetzt, in der Saison, in den Tagen des Rauschgoldengels. – Auch er ist ein Archetyp des Boten: Fürchtet euch nicht!

Es gibt gute und schlechte Botschaft, gute und böse Geister. Auch die Dämonen sind engelähnliche Wesen und Luzifer selbst war vordem der mächtigste Engel. – Die Angelologie, die Lehre von den Engeln, eine früher stark strapazierte theologische Disziplin, wird heutigentags, im nüchternen Zeitalter der nachkonziliaren Epoche, kaum mehr betrieben. In den theologischen Fakultäten all unserer bayerischen Universitäten und Hochschulen gibt es keinen Angelologen mehr. Und in den Sachregistern der Konzilskompendien kommt das Schlagwort Engel nicht vor.

Schämen sich die Wissenschaftler der Engel? Einer der größten Angelologen aller Zeiten war der Doktor angelicus, der heilige Thomas von Aquin. Er hat in seiner »Summe der Theologie« einen umfangreichen und scharfsinnigen Traktat über die Engel geschrieben, worin er lehrt, daß die Natur der Engel durch und durch geistig sei. Augustinus hat für die Engel noch einen ätherischen Leib angenommen. Auch der hl. Bernhard von Clairvaux hielt an der ätherischen Leiblichkeit der Engel fest. Indes, von einem Rauschgoldengel liest man nirgendwo auch nur eine Zeile, auch nicht beim PseudoDionysios, dem Areopagiten, der die Engel in neun Chöre gliedert.

Der Hochwürdige Sebastian Zietzelsberger, Pfarrer von Prüglham, ist derzeit wahrscheinlich der einzige lebende Angelologe. Und das hat seinen analythischen Grund. Er ist eine Seele von Mensch. Seine Pfarrkinder schätzen vor allem seine leutselige Art. Er spielt mit den Bauern im Wirtshaus Karten, ist geschwind beim Meßlesen und bündig in der Predigt. Ganz besonders wohltuend wirkt seine Gerechtigkeit. Er vollzieht bei den einfachen Leuten die Zeremonien der Taufe, Trauung und Beerdigung mit der nämlichen Sorgfalt, Andacht und Feierlichkeit wie bei den angesehenen und wohlhabenden Gläubigen. Dazu ist er ein humoriger Mensch, der auch gelegentlich sich selbst zum Objekt eines Gelächters hergibt. Auf der Hochzeitsfeier des Straßenbediensteten z.B. hat er auf den Brautvater, der als ein geübter und bissiger Gstanzlsänger drei Pfarreien weit bekannt war, ein herausforderndes Trutzgsangl angestimmt. Der Brautvater ist dem Herrn Hochwürden die Antwort nicht schuldig geblieben. Sogar Pfarrersköchin und Zölibat mußten herhalten und der ganze Saal brüllte vor Lachen. Sebastian Zitzelsberger lachte mit. So etwas vergessen die Leut nicht. Brav, sagen sie noch nach Wochen, unser Pfarrer ist ein Mann, der kann einen Spaß vertragen. Und einen Spaß vertragen können ist auch christlich. Freilich, sein Fräulein Ursula wenn das inne wird, bekommt er einen Verdruß.

Eine schlimme Eigenschaft hatte auch dieser Vollkommene. Er war rechthaberisch und angriffslustig in der Disputation mit Akademikern aller Fakultäten. Auf den Sitzungen des Ruralkapitels kam es zu regelrechten Zerwürfnissen. Und waren auch alle gegenteiliger Meinung in einem gelehrten Streit, der Pfarrer von Prüglham wußte es anders. »Nein, niemals hätte Papst Johannes XXXIII. ein Konzil einberufen dürfen, denn die Konzilsväter der sechziger Jahre seien alle miteinander, ob Professoren oder Bischöfe und selbst Kardinäle, viel zu altmodisch gebildet gewesen und sie haben z.B. von der Psychoanalyse und von der vergleichenden Tierpsychologie noch keine Ahnung gehabt. Sie haben sich freilich für modern gehalten, diese gelehrten Väter, aber sind in Wirklichkeit altmodisch modern gewesen, d.h. besonders gefährlich modern, denn sie haben nicht erkannt, daß die Internationalität des Lateinischen das Fundament der Weltkirche ist und daß überhaupt die Liturgie gerade in unserer änderungswütigen Zeit niemals hätte geändert werden dürfen!

Der Zitzelsberger redete und schimpfte alle in den Untergang hinein. Und da man ihm schließlich auch widersprach, wurde seine Rede immer heftiger und ketzerischer. Er tobte mit kräftigen Worten gegen die »windfähnchenhafte Unsicherheit«, wie er sich ausdrückte, seines allerhöchsten Oberhirten. Der Dekan schlug ein Kreuzzeichen. Die Mitbrüder verstummten alle. Ja selbst die jungen Kapläne, denen der Bischof nicht wandlungsfähig genug sein konnte, zogen die Köpfe ein. Das feuerte den Prüglhamer Pfarrer nur noch mehr an. Er verstieg sich schließlich zu dem krassen Versprechen, daß er diese Wahrheit Seiner Eminenz beim nächsten Firmungsbesuch ins

Gesicht schleudern werde. Und da die Mitbrüder Zweifel äußerten, verstieg sich Pfarrer Sebastian zu einem heiligen Schwur.

Der Tag der Firmung kam heran. Schon lag die Einladung zu einem gemeinsamen Mittagessen mit dem Bischof im Dekanatspfarrhof für alle Priester des Kapitels vor. Die Herren Mitbrüder rieten zur Besonnenheit. Es sei besser, der Prüglhamer Pfarrer werde seinen Schwur vergessen oder Gott um eine kleine Unpäßlichkeit bitten. Aber Zitzelsberger winkte ab.

»Meine Herrn, ich fürcht' keinen Bischof und Kardinal, ja ich fürchte nicht einmal den Papst. Es ist Zeit, daß die Herren die Wahrheit erfahren, ehe sie unsere Kirche samt den Gemütern der Gläubigen gänzlich ruinieren. Sollen sie doch endlich fromme Bauernpfarrer zu Bischöfen weihen! Männer mit einem festen Heimatboden unter den Füßen, Männer, die an Engel glauben und an die Macht der Zeremonien in dieser mobilen und dynamischen Gesellschaft! Keine römischen Jesuiten immer nur! Sollen sie doch endlich wirkliche Reformen anordnen und nicht die Liturgie verderben. Sollen sie den Zölibat abschaffen und die Pille erlauben, aber nicht das Latein verbieten! Denn alle Abschaffungen der Neuerer sind typische Ersatzabschaffungen und eine wahre Freude für Freud.«

Sogar die Haushälterin im Prüglhamer Pfarrhof, das Frl. Ursula, bekam es mit der Angst zu tun. »Mein Gott, mein´ Howürden feit´s halt an den Nerven.«

Das konnte ja gut werden. Der Firmungstag kam heran. Der Dekan redete noch einmal eindringlich auf den jähen Mitbruder ein. Aber da war nichts mehr zu wollen. Das Verhängnis nahm seinen Lauf. Schon bei der Suppe feuerte der Prüglhamer Seelsorger einige kräftige Schüsse auf die Eminenz. Beim Hauptgericht, einem gespickten Hasenrücken mit Preiselbeeren, entfaltete Zitzelsberger die ganze angestaute Gewalt seiner Anklagerede. Der Bischof biß jetzt obendrein gerade auf eine Schrotkugel. Zum Nachtisch ist er daher nicht mehr gekommen. Die Eminenzen verließen schwer beleidigt die Tafel und fuhren ungnädig, ja zornig ab. Und da der Zorn eines Oberhirten für einen kleinen Bauernpfarrer nicht ohne Folgen bleibt, trafen im Pfarrhof zu Prüglham bald sehr unangenehme Briefe von H. H. Generalvikar ein. Zitzelsberger sollte sich demütigst entschuldigen und zur Buße um eine Krankenhaus- oder

Gefängnisseelsorge in der Großstadt sich schleunigst bewerben.

Zitzelsberger, dem es in Prüglham gefiel, dachte an keine Veränderung. Er schrieb an den Generalvikar, daß man durchaus auch als Geistlicher mit einem Bischof sich zanken und streiten dürfe, denn auch die Engel im Himmel würden sich gelegentlich prügeln und abraufen. Und das sogar vor Gottes Angesicht.

Das Ordinariat, in der alten Exegese und ganz besonders in der Angelologie nicht mehr recht flüssig und parat, bezichtigte den Sebastian Zitzelsberger einer neuen Irrlehre und verlangte dessen sofortiges Bittgesuch um Versetzung als Gefängnisgeistlicher. Pfarrer Zitzelsberger wälzte nun die Heilige Schrift und führte die Raufszene des Erzengels Gabriel mit dem Engelfürsten des persischen Weltreiches genau vor. Da erscheine nämlich im Buche jener Gabriel, derselbe, der Maria die Botschaft gebracht, derselbe, der den Menschen den Frieden verkündet, die guten Willens sind, dem auf himmlische Botschaft wartenden Daniel und sagt: »Mein lieber Daniel, dein Gebet ist schon vor drei Wochen erhört worden. Verzeih, wenn ich dir die frohe Nachricht mit solchem

Verzuge erst jetzt melde! Aber ich war nicht eher abkömmlich im Himmel, denn ich mußte mit dem Engelfürsten des persischen Weltreiches 21 Tage lang vor Gottes Angesichte kämpfen. Und auch jetzt kann ich nicht lange bei dir verweilen, weil ich den Erzengel Michael, der augenblicklich an meiner Stelle ficht, nicht länger warten lassen darf und weil ich, sobald ich den persischen Erzengel besiegt haben werde, mit dem griechischen Schutz-Engelfürsten rankeln muß.«

Diese Schriftstelle, die Zitzelsberger in einem weihnachtlichen Aufsatz über Rauschgoldengel in einer berühmten Heimatzeitung veröffentlichte, tat im Ordinariat die nötige Wirkung. Mit seiner Erklärung dieser Stelle im Buch Daniel traf Zitzelsberger nämlich den Nagel auf den Kopf.

Das 10. Kapitel im Buch Daniel, in dem berichtet wird, daß auch Engel, ja sogar Erzengel mit anderen Engelfürsten streiten und raufen, stelle eine echte Geheimlehre dar und schon deshalb lerne man von diesem Kapitel in den Schulen nichts. Diese Geheimlehre von den balgenden Englein ströme eine besondere Tröstlichkeit aus. Wenn nämlich geistliche Herren, Professoren der Theologie, Domherren, ja gar Bischöfe und Konzilsväter sich einmal in die Haare geraten sollten, wer könnte diese starken Köpfe jemals wieder versöhnen? Und stimmt es nicht auch erschreckend schwermütig und hoffnungslos, wenn einmal gar etwa Bischöfe, Nachfolger der Apostel, gegeneinander zanken und raufen? – Wer dann aber jetzt das Buch Daniel kennt und weiß, was der liebe Advents- und Weihnachts-Erzengel Gabriel schon alles angestellt hat – noch dazu vor Gottes Angesicht – der kann seine Seele trösten. Wenn sogar die Engel raufen dürfen, warum dann nicht auch ein Pfarrer mit seinem Bischof? Oder gar zwei Bischöfe untereinander? – Zwei Rauschgoldenglein, die sich die Flügel verrenken!

Engel sind gute Geister; auch unsere Schutzengel sind es. Und wo immer Engel ringen, fallen bedeutende Entscheidungen. Gute Entscheidungen für die Wege des dahineilenden Rennschlittens des Lebens!

Sebastian Zitzelsberger blieb seinen Pfarrkindern erhalten. Zwei Tage vor Weihnachten brachte ihm der Postbote ein Paket. Der Absender schrieb sich Erzbischöfliches Ordinariat. Und als die Pfarrhaushälterin das Päckchen öffnete, kam ein kleines Rauschgoldengelchen zum Vorschein. Es hatte einen goldenen Faltenrock, zwei verbogene Flügelchen und ein blasses wächsernes Antlitz. Auf einem beigelegten Zettelchen stand zu lesen: »Friedliche Weihnachtsgrüße übersendet Ihrem kräftigen Bauernpfarrer-Schutzengel das schwer abgekämpfte und zerzauste Schutzengelchen Ihres Bischofs.«

Die Bescherung

Es hat schon Weihnachten gegeben, die will kein Mensch mehr erleben. Arm waren die Leut. In vielen Familien hat es am heiligen Abend kaum ein Stückl Brot gegeben. *»Gehn wir hungrig ins Bett. 'S Christkindl ist auch bettelarm gewesen.«*

Millionen Deutsche hatten 1945 auf 46 nicht einmal ein Bett. Wer will daran erinnert werden? *»Den Hunger tragen wir gern, wenn sie nur mit dem Totschießen und den schrecklichen Bombardement aufhören!«* Haben sie noch vor einem Jahr gesagt, die Leut.

Und jetzt drückte der Hunger. Der Großvater ist an der Grippe verstorben. Am zweiten Weihnachtstag haben sie ihn beerdigt. Der hat dieses Leben überstanden, den hungert nicht mehr. Die darauffolgenden Tage haben seine Enkel, zwei heranwachsende siebzehn- und achtzehnjährige Mädchen aus Ratibor, einen amerikanischen Sergeant getroffen, der ihnen Schokolade und Brot und Schinken schenkte. Und die Olga, die jüngere hat neun Monate später ein Kind geboren. Jetzt lebten sie streng nach der Lebensmittelkarte. Der Sergeant ließ nichts mehr von sich hören. Die Not ist nicht leichter, sie ist auf dem zugewiesenen Bauernhof noch größer geworden. Zu viert hausten sie mit dem Baby in der hinteren, finsteren Kammer. Da die Christnacht 1946 heraufzog, gingen die Mutter und ihr vierzehnjähriger Sohn Oswald in den Wald, um sich ein kleines Christbäumchen zu holen. »*Zu Stehlen*«, herrschte sie der Förster an. Sie mußten das Bäumchen wieder hinlegen.

Gegen acht Uhr, nachdem er die Schweine gefüttert hatte, klopfe der Bauer an die hintere Kammertür der »*Flüchtlinge*«. Er wünschte eine fröhliche Weihnacht und brachte ein Fichtenbäumchen mit drei halbabgebrannten Kerzen aus dem vorigen Jahr und einen Wecken Brot mit. »Damit ihr auch ein bißchen etwas verspürt von dem Fest. Und morgen seid ihr alle miteinander zum Mittagessen eingeladen.«

Er sagt's und ist schon wieder verschwunden. Die vaterlose Familie, weil der Vater entweder gefallen ist oder in einem Lager in Sibirien gefangen gehalten wird, man weiß es nicht genau, die vaterlose Familie schneidet den Laib Brot an und ein jedes kaut und tut sich gütlich an dem frommen Weihnachtsgeschenk. Da klopft es schon wieder an die Tür. Diesmal reicht die Bäuerin ein Teller mit selbstgebackenen Weihnachtsleckerl herein und dazu eine Kanne mit Punschtee. Es ist mehr Tee als Punsch.

Die Flüchtlinge sind zwar lutherisch, gehen aber, da es keine evangelische Kirche im ganzen Landkreis gibt, mit »ihren« Bauersleuten in die katholische Christmette. Der Pfarrer hält eine scharfe Predigt gegen die Hartherzigkeit mancher Bauern, die ihre armen Flüchtlinge, die von ihrer Heimat davongejagt worden sind, ungut in die hintere Kammer pferchen und ihnen nichts gönnen. Der Großbauer Dinghardinger will sich das nicht mehr anhören und geht – unter großem Aufsehen – mitten unter dieser »*Christpredigt*« aus der Kirche. Er fühlt sich nicht betroffen.

Nach dem ersten Weihnachtstag kommt der einzige Sohn des Bauern aus der Gefangenschaft. Er wird von seinen Eltern mit Herzlichkeit und mit dem speziellen Dank an das Christkind empfangen. Noch am Nachmittag sieht er die Flüchtlingsleut in der Kammer. Er begegnet der Olga und er empfindet gleich Sympathie für das Mädchen, das schon einen Sohn hat. Da er sich am Abend wieder mit ihr unterhält, ermahnt ihn die Mutter: »Die hat von einem amerikanischen Soldaten ein Kind! Laß dich mit der net ein, Franz! Auf dich warten anständige Partien!« Der Vater denkt wie die Mutter. »Dös waar ja no dös Schöner, wennst es du mit so einem hergelaufenen Flüchtlingsmensch treiberts! Dös waar a schöne Bescherung!«

Gegen die Liebe auf den ersten Anblick und gegen das arge Verlangen eines aus der englischen Gefangenschaft entlassenen fünfundzwanzigjährigen und wieder genesenden Burschen hilft keine Anstandpredigt der Eltern. Auf die kommenden Weihnachtsfeiertage des Jahres 47 auf 48 gebiert die Olga dem Bauernsohn eine Tochter. Sie taufen das Mädchen auf den Namen der Bäuerin. Obschon es in der Verwandtschaft der Mutter keine Theres gibt. Das Leben auf dem Hof kennt keine Harmonie. Die Jungen sind nicht verheiratet. Die Olga wohnt in Franzls Kammer und hilft fleißig auf dem Hof mit. Sie kann sogar melken. Das imponiert den Bauernleuten nicht. Franzls Vater bemüht sich umsonst beim Flüchtlingskommisar die Leut vom Hof zu jagen. Vor lauter Zorn trifft ihn der Schlag. Nach der Beerdigung will die Mutter den Hof aber nicht übergeben.

Da greift das erste Christkindl nach der Währungsreform mit kräftiger Hand in die verwirrten Verhältnisse auf dem Dinghartiger Hof ein. Gerade zum Heiligen Abend kommt Olgas Vater aus der russischen Gefangenschaft. Und der ist ein Tierarzt mit dem Titel eines Dr. med. vet. Die Dinghartinger haben das der Olga, ihrer Schwester und ihrer Mutter nie geglaubt. »Als Flüchtling komma leicht lüagn. Unsern Nachbar seine Leut wolln sogar an Bauernhof mit 70 ha ghabt haben. Dös waarn ja über 200 Tagwerk. Dös glaubt neamand!«

Gottseidank kann der Dr. Heller seine tierärztliche Praxis in Niederschlesien beweisen. Und er bekommt im nahen Marktflecken die Erlaubnis für eine tierärztliche Praxis.

Jetzt war Franzens Mutter anderer Ansicht geworden. Sie ließ ihren Sohn den Hof überschreiben. Und die Olga sollte ihn heiraten. Der Herr Tierarzt war jetzt dagegen. Trotz der beiden Kinder sollte sie ihr Studium wieder aufnehmen. Der Franz hatte zu tun, daß er seine Bäuerin endlich zum Altar führen konnte. Es hat ihm dazu freilich auch die Geburt fast eines neuen Christkindls geholfen. Schon am letzten Adventsonntag schenkte die Olga Heller dem Dinghartinger einen Buben. Allerdings erfolgte die Geburt im Krankenhaus. Olga wohnte im Haus ihres Vaters des Herrn Tierarztes. Weil am übermorgigen Tag das Fest des hl. Thomas getroffen hat, wurde der Bub Thomas getauft.

»Uns hat wirklich das Christkind geholfen«, sagte der Franz zu seiner Olga. Drum heiraten wir gleich den Tag nach Dreikönig. Da ist das Kripperl dann besonders schön.«

Die neue Farb!

»Alle Jahre wieder« bringt das Christkind dem braven Annerl eine Puppenküch. War die schön! Weiß das Tischlein, weiß der Ofen und schneeweiß die Wände. Natürlich auch der Geschirrkorb war weiß. Eine helle Freud! Das Annerl kochte mit Entzücken ihrer alten Puppennani ein Muserl.

Die Erni, die größere Schwester, hat ihr dabei geholfen. Weil zwischen dem Annerl und ihr, zwei Brüder gekommen sind, hat die Erni die alte Puppenküch sofort erkannt. »Annerl, das war mein Küch einmal gewesen zu Weihnachten. Drei Weihnachten hintereinander!«

Sie durfte das dem Annerl nicht sagen. Sie meinte am zweiten Weihnachtsfeiertag nur: »Meine Küch ist einmal rosa gewesen und einmal grün. Und einmal sogar weiß und grün.«

Die Annerl hat das nicht verstanden. Ihr gefiel die weiße Puppenküch so gut, daß sie von der Früh bis Mittag und von Mittag bis zum Abendessen vor ihrer weißen Küche gesessen ist und ihrer alten Puppe einmal ein echtes Griesmus gerührt hat.

Am Abend beteten die älteren Geschwister mit der Mutter immer für den Vater an der Front einen Vaterunser zum Abendgebet dazu. Das Annerl konnte sich an ihren Papa nur noch wenig erinnern. Einmal saß sie auf seinen Knien, einmal hielt er sie im Arm und fuhr mit ihr auf dem Rad in den Wald zum »Haubern brocken.« Ein anderesmal sollte sie ihm die Filzpantoffeln anziehen. Der große Bruder hatte sie dazu genötigt. Der Vater saß am Küchentisch und las die Zeitung. Unklare Erinnerungen einer Vierjährigen am Johannistag. Vor drei Tagen war der Heilige Abend 1944 gewesen.

Die Mutter war traurig, die Brüder spielten mit der hölzernen Eisenbahn, die große Schwester las in einem Buch und half nebenbei dem Annerl in ihrer Puppenküch.

Da klopfte es. Der Herr Bürgermeister kam herein und grüßte. Hinter ihm zeigte sich still der Postbote und händigte der Mutter eine doppelte Postkarte aus. Die Mutter las und wurde kreidebleich. Sie setzte sich auf den Küchenstuhl. Der Bürgermeister sprach etwas vom Stolz einer Deutschen Frau und vierfachen Mutter. *»Der Dank des Führers und des Vaterlandes sei ihr gewiß.«* Dann gingen die beiden Männer wieder.

Erni las die Karte, die am Boden lag und reichte sie dem älteren der Brüder. Der konnte auch schon etwas lesen. Aber mehr ahnte er das Geschriebene. – Dann sah er zum Fenster hinaus. Es war zugefroren. Mit seinem Bubenhauch hat er schnell sich ein Guckloch ausgehaucht und konnte auf die Straße sehen. Der Bürgermeister war umringt von etlichen Nachbarinnen. Der Postbote war weitergegangen. Plötzlich drehte der Bub sich um und rief dem am Tisch spielenden Annerl zu: »Jetzt haben wir keinen Papa nimmer! Annerl, wir haben keinen Papa nimmer!«

Die Mutter weinte still in ihre Schürze. Die Erna stand bei ihr und griff tröstend nach ihren Händen.

Der jüngere Bruder schob seinen Holzzug unter die Umlaufbank. »Was haben wir nicht mehr?«

»Keinen Papa«, schrie der Bruder. Der Aufschrei ist dem Annerl noch nach fünfzig Jahren in Erinnerung. Hätte sie noch einen gehabt, wäre sie gewiß eine Ärztin geworden und keine Krankenschwester. Und die Brüder Ingenieure und keine Elektriker.

Die Puppenküche hatte das kommende Weihnachten keine weiße Farbe. Sie war überwiegend blau. Dunkelblau sogar. Dann wurde sie grün. Schließlich gelb und grün.

Das Christkind hatte sie jedes Jahr viel zu früh wieder abgeholt und im Speicher versteckt. Es mußte sie von den himmlischen Engeln jedes Jahr wieder mit einer neuen Farbe anstreichen lassen. Nur gut, daß etliche Häuser weiter ein Malergeschäft war, in dem die Mutter ihre Kindheit verbracht hatte. Und auch ihr Vater war noch 1918 gefallen. Aber der Onkel gab ihr doch jedes Jahr eine neue Farb. Gottseidank, du liebes Vaterland! Stille Nacht!

Das dritte Schaferl

Die ersten sechs-sieben Jahre nach der Währungsreform von 1948 waren nicht mehr gerade arm, aber gut ist es auch kaum Jemanden gegangen. Es hat fürs Essen und für die Miete gereicht. Zum Anziehen hat der Mensch auch etwas gebraucht. Und doch lebten wir fröhlich dahin, waren jung und voller Optimismus. Wir leisteten uns sogar eine immer größer werdende Weihnachtskrippe. Und drei Flöten zum Blasen adventlicher Hirtenlieder. Selbstverständlich hatten wir die Krippe selbst gebaut: Den Stall von Bethlehem aus dem hölzernen Karton, den uns der Krämer geschenkt, den Stern der Hl. Dreikönige von dem Pappdeckel einer alten Persilschachtel. Das Moos hatten wir im Wald geholt. Viel Moos und merkwürdiges Wurzelwerk. Aus manchen Wurzeln ist ein Brunnen geworden, aus anderen ein Kuhbarren. Aber noch hatten wir weder Ochs und Esel. Für Maria und Josef kneteten wir aus Ton die Köpf und malten sie mit Wasserfarben an. Das war schon das größte Gfrett! Bis uns da ein Mariengesicht gefallen hat, ist der vierte Adventsonntag gekommen. Die Mutter verkleidete die heiligen Familiengestalten mit würdigen Gewändern, gefertigt von ihren Stoffresten. Der hl. Josef bekam einen Lodenumhang aus dem Stoff meines alten und viel zu kleinen Wintermantels. Bis der dem Buben gepaßt hätte, wären noch Jahre vergangen. Bis dahin würden wir gewiß Geld genug haben.

Die Tage vor dem Hl. Abend wurden noch drei Hirten fertig und ein schöner Rauschgoldengel. Die Mutter brachte auf einmal zwei Schäfchen daher, ein Geschenk von einem alten, einsamen Nachbar. Fehlt uns nur noch die wichtigste Person, das Christkindl in der Wiegen. Das müssen wir auf dem Christkindlmarkt kaufen. Wir fuhren in die Stadt.

Der Münchner Christkindlmarkt war damals

bescheiden und begnügte sich mit etlichen zweihundert Quadratmetern hinten am Viktualienmarkt. Man verkaufte dort auch Christbäume. Einen solchen hatten wir schon aus dem Staatswald, Forstamt Maxhof. Ihn zu schmücken waren Kugeln, Tannenzapfen und Nüsse genug vorhanden. Es brauchte nur noch ein Päckchen Sternwerfer und ein Packerl frische, rote Kerzen. Und Aufhängedraht.

An mindestens drei Ständen bot man Kripperlfiguren feil. Damals schon sündteuer im Preis. Für 12 Mark einen hl. Josef. Für 8 Mark einen Hirten! Und waren die unsrigen schöner. – Ein Christkindl kostete sieben, neun oder zehn Mark. Ich kaufte schließlich das für neun Mark. Für eine Mark dafür noch ein kleines Schäfchen. Das passte ja proportionsmäßig nicht zu unseren zwei Schafen. Macht nichts, das stellen wir hinten auf den Berg, gleich unter den Engel. Da kriegt die ganze Krippenwelt Tiefe und Weite. Ein drittes Schaf kaufen wir nächstes Jahr. Da schaffen wir uns dann auch noch die Hl. drei Könige an. Wenigstens einen von ihnen. Den lassen wir aus dem Wald kommen. Seine zwei Kollegen sieht man noch nicht heuer. Erst nächstes Jahr. Da haben wir dann auch ein drittes Schaf vorne an der Krippe.

Beglückt fuhren wir wieder mit der Straßenbahn heim. Konnten auch nachweisen, dem Schaffner gegenüber, daß unser Bub noch nicht 12 Jahre alt war. Und auf Kinderfahrschein fahren durfte. Daheim war es dann eine große Freud, unser kleines Schaferl ganz hinten auf dem künstlichen Gebirge, daherlaufen zu sehen. Paßt! – Dann stellten wir auch noch das Christkindl hin. Ganz in der Nähe des Ochsenbarren. Wo die Mutter mittlerweile tatsächlich ein Öchslein hingezaubert hatte. Ja, woher denn? – Wieder von dem alten, braven Nachbarn. Der hat in seinem Stall heuer nur noch einen Esel. Und er sei halt auch ein alter Esel. Passe wörtlich zu ihm, habe er gesagt. »Na also, unser Kripperl ist perfekt«, rief ich aus. Aber noch bleibts still im Eck und darf nicht angeschaut werden. Davor bauten wir den Christbaum auf. Das Kripperl rücken wir erst nach der Verlesung des Evangeliums etwas in den Vordergrund. D. h. wir stellen dann den Christbaum zur Seite. So ist es geschehen anno Domini 1955. Endlich war es sieben Uhr und alle Packerl und Schüsserln waren fertig. Auch die Oma und die Tante waren da. Jetzt kann es los gehen.

Wir Flötenspieler spielten das schwierige »*Kommet ihr Hirten...*« Und dann las ich das Hl. Evangelium der Christnacht vor. Wir werden es heut noch zwei-dreimal hören. Aber jetzt tat es die größte, die unmittelbarste Wirkung. Der Oma standen die Tränen in den Augen. Die Tante weinte laut. Auch der Filius schaute gerührt zum Christbaum, den die Mutter jetzt etwas zugunsten des großen Kripperls verrückt hat. Zugleich zündete sie meine Schreibtischlampe an und ließ den Schein auf den Stall von Bethlehem fallen. Herrgott, war das schön! So etwas Schönes hab ich zu Weihnachten nicht mehr erlebt. Prächtig die Krippe mit dem göttlichen Kind, gut gewachsen der Ochs. Auch das kleine Lämmlein auf dem Berg macht sich nicht schlecht. Aber!

Was ist denn jetzt da vorne bei den Hirten? – Die haben ja ihre Herde um ein Drittel vergrößert! Statt unserer zwei Schafe haben die ein drittes! Nein, nein, nein, die Mutter hat es nicht vom alten Nachbarn! Der hat gar keine Schafe mehr.

Woher ist denn dieses Schaf gekommen? Ich kenne es genau. Für fünf Mark und sechzig hätte ich es selber beinahe noch gekauft auf dem Christkindlmarkt. Ich sehe den Sohn an. Der schüttelt kaum den Kopf. Ja, wer hat denn dieses dritte Schaf mitgebracht. – Mir war es zu teuer gewesen. Die

Hanni konnte meinen fragenden Blick nicht stand halten. »Roland, frag du die Hanni, ob sie es von ihrem Taschengeld gekauft hat!«

Der Bub wußte aber schon Bescheid. »Nein, sie hat es nicht gekauft, sie hat es mitgehen lassen«, flüsterte er weihnachtlich zartfühlend.

So etwas kann ich nicht angehen lassen! Hanni, das Schaf bringst du zurück! – Am Heiligen Abend sprachen wir nicht mehr darüber. Freuten uns schließlich über unser Kripperl, über unsere Geschenke, über alles, auch über das Heilige und Sentimentale. – Drei Tage später kam die Tochter mit dem Schäfchen zurück und sagte: »Der Christkindlmarkt hat geschlossen. Die Stände werden gerade abgebrochen. Niemand wollte mein Geld haben.«

Also warten wir auf das kommende Jahr. Denn Christkindlmärkte gibt es jedes Jahr.

Nur noch ein Wunsch

O Heiland der Welt
O Christkindl ohne Geld
Wie arm und doch die Hoffnung.
Gott Menschenkind,
wir Sünder sind
zu Dir heut voller Liebe.
Daß du da bist
Mein lieber Herr Christ,

Des' freut sich.

Im Advent tut alles weher wie unterm Jahr! O Heiland der Welt, o Christkindl ohne Geld. Die heutigen Vagabunden und Bettlleut heißen anderst. Es sind nicht grad die Gammler und Obdachlosen. – Die armen Leut, das sind die kranken Leut. Und muß einer ausgerechnet die Tage vor dem Heiligen Abend sterben, dann geht Einem der Tod noch näher. – Hat ihn das Christkindl geholt? Ein wenig Trost ist es dann dennoch. Denn das Christkindl holt auch reiche Leut, die arm dran sind.

Geh, Christkindl, komm und bring einem das, was er sich wünscht: Warme Füße und weniger Kreuzweh! Mach meine Bauchspeicheldrüse wieder roglig und frisch. – Und meine Leber dazu! – Laß mein Magenkrebserl kleiner und kleiner werden! – Ein gesunder Mensch hat tausend Wünsche, ein Kranker nur einen: daß er gesund wird! Ist man krank und voller Wehdam gehört man immer zu den armen Leuten. Auch ein mehrfacher Millionär gehört dazu. Er ist arm und wünscht sich eine Besserung vom Christkindl.

»Na, na! Sonst brauchst du mir nix bringen als etliche Gramm Gesundheit. Halt ein wenig Kraft und einen Mut!«

Ja Bruderherz, mit deinen Leiden bist du so arm wie ein Vagabund im Advent, der sich nicht mehr auskennt vor lauter Wehdam und Gicht. Christkindl vergiß ihn nicht!

Warum ist der Mensch gerade im Advent so empfindsam? So wehleidig? – Tut denn im Advent alles weher? – Eine jede Wunde, ein jeder Schmerz? – Oft auch die alten Wunden? – Sogar der Liebesschmerz?

Jawohl, grad der Liebeskummer ist im Advent gräuslich zum Aushalten. Wie die Geschichte von der Kramer Tochter von Wehling beweist. Die hat sich nicht umgebracht, ist nicht in den Wehlinger See gegangen, aber sie hat in ihrem Liebeskummer in ihrem Zimmer, an der Adventkranz-Kerzen, die schönsten Liebesbriefe von ihrem ungetreuen Bräutigam verbrannt; was ein Student der Philosophie gewesen ist und der sehr schöne Liebesbriefe hat schreiben können. – Einen jeden hat sie einzeln verbrannt. In ihrem übergroßen Schmerz hat sie jeden Brief noch einmal gelesen, bevor sie ihn weinend über die zweite oder dritte Adventkerze gehalten hat. Da haben ihre langen Haare auf einmal Feuer gefangen. Gelassen und trotzig hat sie dieselben einen Augenblick lang schmoren und brennen lassen. Sollen sie zugrunde gehen! – Sie ließ sie weiterschmoren!

Gottseidank ist in diesem Augenblick ihre Mutter in das Zimmer gekommen, weil sie im Laden noch eine Hilfe gebraucht hat. Geistesgegenwärtig ergreift sie die Wolldecke, tunkt dieselbe ins Waschlabor und wirft die feuchte Decke dem Töchterl über den Kopf. Trotzdem hat die unglückliche Kramer-Tochter von Wehling die Weihnachtsfeiertage im Krankenhaus verbringen müssen, wo ihr der Liebeskummer Gottseidank schön langsam vergangen ist. Wenngleich sie den Assistenzarzt niemals so gern haben kann wie ihren leider ungetreuen Bräutigam. – Denn der Liebeskummer im Advent, der brennt...

Und der Rheuma-Wehdam schmerzt im hl. Advent mehr als im Mai. Nicht nur wegen der Kälte und dem Schnee. Auch nicht, weil jetzt die Nächte jeden Tag länger werden.

Der hl. Kirchenvater Basilius hat zwar schon von den »bangen, langen Nächten, in denen die Völker auf die Ankunft des Herrn warten« gesprochen.

Das Warten ist immer langweilig. Nicht grad für die Kinder. Ja, bald kann es ein gesundes Herz nicht mehr erwarten. Und schreit auf: »*Tauet Himmel, Wolken regnet ihn herab!*«

Finster wird es und allerweil kälter. Auch der Wehdam wächst, warum gerade ich, jetzt im Advent? – Wo sich ein jeder Mensch freut auf das Christkind? Ist nicht Freude und Hoffnung das größte Glück? Und gerade für mich gäb es keine Hoffnung?

Schnell seufzt man an so einem Dezembertag. Ein Vagabund im Advent, den niemand kennt, den niemand mag, der hat keinen guten Tag, der hat keine Hoffnung, der hat nur die Erinnerung an seine glückliche Kindheit. Der träumt vom Christkind. Und vom Christkind träumen können ist auch schon ein Trost. Und wer am Heiligen Abend sterben darf, der hat ein großes Glück. Weil ihn – ihn hat das Christkind geholt.

Warum der Ururgroßvater im Sagberg war

Hat es eine Kälte und, es müssen die kleinen Kinder in der Stube bleiben, dann ist es trotzdem nicht langweilig. Spielzeug hat man früher nicht viel gekannt. Die alte Puppe mit dem neuen Kleid. Und wieder der Baukasten mit den neuangestrichenen Stöckerln. Es hat auch passieren können, daß Eins keine richtigen Schuhe gehabt hat. Weil der Störschuster noch nicht da gewesen ist und die vorjährigen Stieferl viel zu klein geworden sind. – Dann hat man daheimbleiben müssen. Und es ist keine Langeweile aufgekommen. Die Großmutter hat immer wieder eine Geschichte gewußt.

Deswegen sind ja die Wintertage da, daß man Geschichten erzählt. Unheimliche und auch wieder schöne, liebe. Manchmal sogar Gespenstergeschichten. So Spannende schon, daß man sich nicht mehr ins Bett getraut hat. Von dem alten Chorherrn im Pfarrhof von Wang zum Beispiel. Der heut noch im dortigen Pfarrhof umgeht und jeden Nachfolger aufweckt, wenn in der Pfarrei ein Kranker nach den Sterbesakramenten verlangt. Sodaß also in Wang niemand um den Priester gehen braucht, liegt plötzlich Eins einmal im Sterben. – Er kommt von selber. Immer geweckt vom geisternden Chorherr aus dem 17. Jahrhundert, der vor lauter Jagen die Seelsorge vergessen hat. Mit solchen Geschichten vergehen die längsten Dezembernächte.

Auch die Geschichte weiß ich noch, wie wenn es die Großmutter erst gestern erzählt hätt: Wie einmal der Urururgroßvater am Heiligen Abend Nachmittag sich geweigert hat, das Kripperl aufstellen zu helfen. Er müßte noch in den Wald fahren um eine Fuhre Langholz.

»Fahr heut nimmer«, hat ihm meine damalige Urururgroßmutter, seine Bäuerin, nachgerufen. »Fahr heut nimmer«, es ist heut der Tag zu heilig! Stell lieber's Kripperl auf! – Weil, Christbaum hat man damals noch nicht gekannt. Nur ein Paradeiserl mir vier Kerzen. »Das Kripperl ist allerweil schon die Hauptsach gewesen. Mit schön geschnitzte Hirten und mit der Heiligen Familie«, sagte die Großmutter.

Aber dieser Ururgroßvater hat grad das Stadlbauen im Sinn gehabt und ist nochmal in den Wald gefahren. Hat kein Kripperl aufgestellt. Am Heiligen Abend!

Wie er grad die Sagbäume aufgelgt hat. Und wie er schon heimfahren wollt. Es hat fürchterlich zu schneien angefangen. Plötzlich sind von allen Seiten kleine Männlein dahergekommen. Mehrer Männlein bald, wie Schneeflokken. – »Ja, dös is guat! – Christkindl hilf mir!« Hat der Ururgroßvater gsagt, weil er hat sie gleich gekannt, was das für kleinwinzige Männlein gewesen sind: Lauter Schratzn – Waldschratzn, oder auch *Weihnachtswichtln* genannt.

Schon sind sie auf sein Fuhrwerk aufgesessen, haben sich auf die Räder gehockt, sind auf die Pferd hinaufgesprungen, haben sich gar in die Ohren der Pferde hineingeschmuggelt und haben das ganze Fuhrwerk dirigiert.

Holla denkt sich der Ururgroßvater, wo werds denn jetzt hingehen? Auf ihn haben die Rösser nicht mehr gehört. Wagen und Rösser haben den Schratzenmännlein gefolgt. – Und er selber hat auch gehorchen müssen.

Die Schratzen haben das Fuhrwerk – mitsamt den Kubikmeterbäum – in den Sagberg hineindirigiert durch ein gewöhnliches Fuchsloch. – Weil die Schratzen können alles. Die verzaubern auf eins zwei drei das größte Fuhrwerk in ein Kinderspielzeug und den ältesten Ururgroßvater in ein kleines Schratzenmännlein. Der Fuchs ist ein Elefant gewesen gegen die kleinwinzigen Rösserl, wo die Sagbäum gezogen haben. – Und schon waren sie drinnen im Sagberg.

Da hat der Großvater geschaut! Wie es da drinnen ausgesehen hat, das hätte er sich nicht einmal im Traum ausmalen können. Wie eine ganz große Kirche hat der Berg innen geleuchtet und geglänzt und gefunkelt. Die Felswände voller Kristall und Edelsteine. Und alles hellbeleuchtet mit ganz vielen Kerzen! Und tausend Schratzenmännlein haben in hundert Ecken und Winkeln tausend Kripperl geschnitzt.

Der Ururgroßvater hat seine langen Holzbäume abladen müssen... Er hat jetzt wieder sein Gfrett gehabt wie auf der Welt und die Wichteln sind kleinwinzige Menschlein gewesen, nicht größer wie ein Tannenzapfen. – Er hat also seine langen Holzbäume abladen müssen und gleich sind hundert Schratzen her und haben aus den Bäumen lauter Hirten und Schafe, Ochsen und Eseln rausgeschnitzt. Auf eins zwei drei, so geschwind. Wie es der größte Künstler nicht besser könnte.

Lauter Hirten und Schafe, grad keine Muttergottes, keinen hl. Josef und kein Christkindl. Für die allerheiligsten Kripperfiguren wären seine Holzbäume zu schlecht, haben die Schratzen gesagt. Und eigentlich dürfte man aus solchen Schandbäumen nur freche Hüterbuben und bockstarrige Schafböck rausschneiden. Für das Christkindl nehmen sie das feinste Elfenbein her und für der Jungfrau Maria ihr Gesicht auch.

Er hat gehört, wie aufeinmal die Glocken im Berg drinnen die Mettennacht eingeläutet haben und die Kripperl alle lebendig geworden sind. Die Schafe und Hirten! Und die Engel haben gesungen. Und von allen Seiten hat es jubiliert. Besonders die Hirten auf den bethlehemitischen Almen, hat man raus gehört:

Gloria, gloria, in excelsis Deo! Da ist ihm das Herz aufgegangen, deinem Ururgroßvater. – Und er ist auf die Knie niedergefallen.

»Ja, und nachand, Großmutter? Hat der Ururgroßvater sein Langholz nimmer heimgebracht?«

»O mein, Bub, du wirst einmal ein echter Nialinger! – Natürlich nimmer hat er sein Holz heimgebracht. Lang nach der Mettennacht ist er erst in den Hof reingefahren – mit dem leeren Wagen. Steinmüd ist er gewesen und die Rösser haben geschwitzt. Er hat sie kaum in den Stall gebracht, hats ein wenig noch abgerieben und ist dann gleich ins Bett.

Aber wer kann so was glauben? Den anderen Tag in der Früh, noch vor dem Hirtenamt um sechs, ist der ganze große Nialingerhof voll erstklassiger Schnittware gewesen. Bretter und Laden liegen da – klafterweise! – Da hat der Nialinger, damals noch ein junger Mann und dein Ururgroßvater, da hat er seine Augen, seine sparsamen, aufgerissen und er hat den Schwur getan, daß er künftighin jedes Jahr ein besonders schönes Kripperl aufstellen wird. – Und heut haben wir noch das Kripperl. Das Kripperl mit Ochs und Esel, mit Schafen und Hirten, den Engel nicht vergessen, der das Gloria singt, daß ein Friede hergeht auf der Welt und endlich Feiertag wird!

Der Heilige Abend, eine Mordnacht

Die Sendlinger Mordweihnacht von 1705 war grausam und ist uns heute noch in Erinnerung. *»Über d' Brucken sans zogn bei der Nacht. Die Stern, die haben gfunkelt und die Bruckn hat kracht.«* Die Kaiserlichen haben die bayerischen Bauern alle niedergemacht. General Kriechbaum hat keinem ein Pardon gegeben. Und die am Vortag am Isartor verwundeten bayerischen Befreiungskrieger hat man auf den Straßen in der Münchner Stadt zur Abschreckung der Bürger »öffentlich« und grausam sterben lassen. Das war ein Christtag gewesen! Die Landesdefension war von den Kaiserlichen niedergemacht. Bayern war österreichisch. Aber der Kurfürst Max Emauel residierte mit königlicher Pracht in Brüssel.

Eine grausige Weihnacht. 800 Mann sollen es noch gewesen sein, die in Sendling niedergemacht worden sind. Manche Tafeln in den Kirchen und Kapellen des Oberlandes tragen noch heute lesbar ihre Namen. Vor allem in der Pfarrkirche zu Hochzoll bei Weyarn. Und ihre Trommel, der sie gefolgt, stammt aus Gotzing. Die neunzig Verwundeten vom Hl. Abend, da sie so erfolgreich am Isartor gekämpft haben, um München von den Kaiserlichen für ihren Kurfürsten zu befreien – was ihnen wegen eines Verräters aber dann doch nicht gelungen ist – diese neunzig Blessierten schleppten die Österreicher, auf Befehl ihres Stadthalters, in die Kaufinger-Neuhauserstraße und lassen sie zur Abschreckung der immer noch ihrem Kurfürsten treu ergebenen Münchner auf den Straßen liegen. Das war ein Jammern und ein Schreien die ganze Mettennacht. Die Augustiner Chorherrn, die sich der Blessierten annehmen wollten, wurden heimgeschickt, ebenso die Jesuiter und Franziskaner. Erst am Weihnachtstag durften die Samariter Hilfe bringen. Da waren aber die meisten schon verstorben.

Das Unglück hat übrigens ein Jahr vorher genau vorausgesagt die Schlickerbräu-Enkelin Anna Maria Lindmayerin, die hellseherisch begabte fromme und lustige Mariandl. Sie hat dem Bischof Franz Echker von Freising unter Eid ihre Vision geschildert. Auch die verlorene Schlacht von Höchstädt, die unserem Kurfürsten, trotz seines Bündnisses mit den Franzosen, um sein ganzes Land gebracht hat, auch diese Niederlage hat die Mariandl vorausgesagt. Der Kurfürst und seine Generale aber haben auf dieses Weibergeschwätz nicht geachtet. Ihr Zorn wegen des Max Emanuels verlorengegangenen spanischen Erbes war zu trotzig gewesen. Aber die Visionen der Schlickerbräu-Enkelin haben sich alle erfüllt.

Gottlob bis auf eine: Der Münchner Stadt passiert nichts, hat sie prophezeit, wenn sich die Bürger endlich bereit erklären, die von ihr schon lange verlangte Kirche zu Ehren der Allerheiligsten Dreifaltigkeit zu erbauen. – Freilich die Mordweihnacht konnte das Versprechen der Münchner nicht mehr verhindern. Denn die Bürger der Stadt haben erst nach Weihnachten 1705 mit dem Kirchenbau angefangen.

Es mag in den vielen Jahrhunderten noch grausamere Weihnachten gegeben haben. An jenem Hl.

Abend z. B., an dem ausgehungerte deutsche Landser vor russischen Gulaschkanonen angestanden sind, um noch einmal ihren Magen mit warmem Essen zu füllen. Oder man denke an die Schützengrabenweihnacht 1917/18! Auch damals propagierten sie in der Heimat den Sieg.

Es hat schon Heilige Abende gegeben, die wollen wir nicht mehr erleben. War es nicht auch Christnacht gewesen, in der die Bayern – auf Befehl des eroberungssüchtigen Frankenkönigs Dagobert I., 9000 (oder mindestens 6300) bulgarische Flüchtlinge mit Frau und Kind haben im Schlafe in ihren Häusern totschlagen müssen? Im Winter 631 auf 32 soll das geschehen sein. Ein grausiger Völkermord, der uns noch heute auf dem Gewissen hockt. Gottseidank, sagen unsere Historiker, ist die schreckliche Geschichte vergessen worden. In St. Florian könnten ihre Gebeine bestattet worden sein. Das Verbrechen mag in den Behausungen der Bayern, die zwischen Linz und Lorch-Ennsdorf gehaust haben geschehen sein.

Bulgarische Flüchtlinge, die die grausame Avarenschlacht überlebt haben, hätten die Franken um Aufnahme gebeten, schreibt der fränkische Chronist

Fredegar, und Dagobert I. hat sie in die bayerischen Häuser ob der Enns einquartiert. In etwa vier bis fünftausend bayerischen Familien sind sie aufgenommen worden, aber in der Christnacht – oder kurz davor – auf fränkischen Oberbefehl hin im Schlafe alle totgeschlagen worden. Diese grauenhafte Erinnerung hätte den bayerischen Namen über Jahrhunderte befleckt. Bis er endlich aus der Geschichte ausgetilgt hat werden können. Nur zwei Historiographen berichten darüber kurz: Jener langobardische Schreiber Paulus Diaconus und der fränkische Fredegar. »*Sie sollten jeder in seinem Hause jene Bulgaren mit Weibern und Kindern in einer Nacht umbringen.*«

Ganz beseitigt hatte man diese Völkermorderinnerung aber erst durch die »seitenverkehrte« Dichtung des Nibelungenliedes, wie Prof. Heinrich Kunstmann, der slavistische Gelehrte, erklärt. Nicht die Bulgaren sind nach dieser Dichtung ermordet worden, sondern das Volk der Nibelungen. Man müßte freilich die 6300 »Martyrergebeine« unter der »Brucknerorgel« zu St. Florian untersuchen.

In den heiligen Tagen, wo sich die Familien mit und ohne Kinder auf das Christkind freuen, auf den geschmükkten Baum, auf die Geschenke, auf den Punsch und auf das gute Gansessen, passieren manchmal unglückliche Familientragödien. Es müssen nicht gleich rasende Blutbäder angerichtet werden! Ein Familienstreit zerstört die lichte Himmelsfreud. Dagegen hilft nur der zusammengescharrte Rest unserer kindlichen Frömmigkeit. Wenn der Familienvater unterm Christbaum das Hl. Evangelium nach Lukas vorliest – vor der Bescherung – ist der Friede auf Erden gerettet. Wenn wir guten Willens sind.

Noch mit mehr Himmelsgewalt werden die Festtage, wenn wir schon während des Advents einmal das »Tauet Himmel, den Gerechten« singen. Wenigstens zu singen versuchen. Dieses Lied stammt von einem Chorherrn auf der Herreninsel im Chiemsee, diese charakteristische Melodie in Dur und Moll. Im Chiemgau ist noch nie etwas Geistliches mißglückt. »... *Wolken regnet ihn herab!*« Es hat halt um 1780 im Advent auch schon nicht schneien wollen.

Weihnachts-Sentimentalitäten

Heute sind die Christkindl-Gefühle total vermarktet. Diese deutschen Weihnachtssentimentalitäten sind zum Auswandern! So hat schon Heinrich Heine um 1835 empfunden. Stille Nacht wird heiliger empfunden als ein Mozartisches Sanctus mit Benedictus. Sogar der Onkel Toni, der das ganze Jahr nicht in die Kirche geht, wird am Heiligen Abend rührselig tränenhaft und will zur Bescherung dreimal die CD mit dem alten Laufener Schifferlied aufgelegt haben. »Zur Bescherung gibt´s bei mir keine andere Musik, obwohl ich ein Rockfan bin. Am Heiligen Abend möchte ich strahlende Kinderaugen sehen, auch unter der Runzelstirn meiner Alten.«

Andere brauchen nicht einmal mehr dieses großdeutsche Sternwerfergefühl. Sie verreisen auf Weihnachten. In den Siebziger Jahren nach Südtirol, in den Achtzigern nach England und dann gleich nach New York oder Chicago, wo aber die Englein und Weihnachtsmänner mit Donald-Duck-Chören den ganzen -Tag »Holy Night« musizieren. Viele Amerikaner sind halt deutscher Abstammung.

Das muß anders werden! Denn übersättigt ist Jede und Jeder von uns. Übergewichtig sind wir geworden. Die Meisten drückt im Advent bereits der Magen von dem vielen Glühwein und den Lebkuchen auf den Christkindlmärkten. – Niemand mehr weiß, daß bis in die Dreißiger Jahre im Advent streng gefastet worden ist. Vielleicht sogar gehungert. Nicht nur wegen der Gesundheit. Nein, dem kommenden Christkindl zuliebe. Tauet Himmel! Nur Spötter haben gesagt: *Ein Müder mag rasten, ein Fetter mag fasten.* Die Christen haben es damals noch gewußt. Je ärmer dem Körper nach, desto reicher die Seele. Der Advent ist etwas Geistiges.

»Tauet Himmel den Gerechten, Wolken regnet ihn herab.« Wir warten wie es steht beim Isaias dem Prophet, daß uns das Christkindl kimmt und in den Himmel aufnimmt. – Nein, sagen sich da unsere ver-

wöhnten Clubmitglieder. Keine Geschenke und keine Sentimentalitäten!

Heuer feiern wir mit etlichen kuraschierten und engagierten Englein elegant in einem Luxushotel ein namenloses Weihnachten, weltlich und schön. Und ohne Flitter! – Das Hotel gehört sowieso einem unserer Clubmitglieder.

Ein geglücktes Fest. Die Kinder sind zwanzig und darüber, sammeln eigene Heilig-Abend Erfahrungen und unsere Lebensgefährtinnen sind sowieso großzügig. Von fünf bis etwa 22 Uhr war die Festlichkeit berechnet. Nach Mitternacht ist es geworden. Und sind wir auch schon über sechzig.

Zuerst haben wir zur Begrüßung von zwei nur mit großen Flügeln und einem sehr durchsichtigen weißen Kleid übergetanen Engeln einen Kelch mit hervorragendem Prosecco kredenzt bekommen. Alle haben wir gerufen: »Bei der Marke bleiben wir.« Sind auch dabei geblieben. Auch während des Vier-Gänge Menüs. Superb und ohne die Mühen im trauten Heim. Hotelbetrieb! Für jedes Paar war sowieso ein Doppelzimmer reserviert. Man konnte sich zurückziehen, wann immer man schlaflustig wurde. Die

Englein sind immer mehr geworden und haben uns immer intimer bedient. Auch Weihnachtsmänner waren darunter.

Die Musik hat langsame Walzer und Slow Fox aufgespielt. Wie wir alte Herrschaften es halt vertragen haben. Nur keine Sentimentalitäten!

Einen Auswuchs hat es aber gegeben. Eigentlich zwei Auswüchse. Zunächst hat der aus Wien stammende Banker Maxl immer lauter gesungen und improvisiert: »Ein frisches Glas nimm i, i fühl mich im Himmi. Um mich sind lauter Engerl, i glaub i spinn a wengerl.« –

Dann ist unser Vizepräsident zu den Musikern aufs Podium, hat ein Sprechmikrophon in d´Hand bekommen und hat gsagt: Liebe Freunde, der Prosecco ist beseligend ausgezeichnet, aber daß unser Club den Tag und die Stunde net ganz vergißt, möchte ich Ihnen jetzt schildern wie´s wirklich war im Stall von Bethlehem. »Wollen wir nicht wissen,« riefen einige dazwischen und zogen sich zurück. Der Vizepräsident aber hatte das Mikrophon.

Er erzählte: Der Josef ist vor der Krippe fuchsteufelswild auf und ab gegangen, hat beinah geflucht und in einer Tour geschimpft: Na, man derf sich auf nichts freun! Aber auf gar nix! Net amal auf die Geburt von deiner Angetrauten. Wo ich sowieso nur der Pflegevater sein soll!

Auch die Maria war mißmutig gestimmt. »Ja, ja, sein tuats was,« seufzt sie. »Jetzt haben ma so eine Hoffnung ghabt während des gesamten Advent. Und jetzt diese Enttäuschung!« -

Als dann die Hirten kamen ist das Gejammer noch ärger geworden.

»Geh Sepp, wo fehlt's denn?« hat der Obersenn gfragt. »Ihr zwei solltet heut doch die allergrößte Freud haben!«

»Nimm an Schluck von dem Kerschgeist da, nachand wird alles besser!«

Der hl. Josef nimmt einen gehörigen Schluck und stöpselt die Schnapsflaschn wieder zu. Dann stützt er sich auf seinen Wanderstock und schaut zur Christkindlkrippe hin. Er schüttelt dabei immer wieder den Kopf.

»Iatz schaff deinm traurigen Herzen an Erleichterung, Sepp«, meinte versöhnlich der alte Hirt.

»Da erleichtere dich«, brummelte Josef. »Mir haben uns halt a Madl gwünscht«, riß es ihm endlich heraus. Und er nahm nochmal einen festen Schluck.

Unser Vize stieg vom Podium und war beleidigt, weil niemand geklatscht hat. »Es war ausgemacht, daß Keiner etwas von Bethlehem erzählt. Schon gleich gar nicht von St. Josef und den Hirten«, schimpfte ein Autohändler. »Du hast uns den ganzen schmähfreien Hl. Abend verdorben. Brauchst nur noch Stille Nacht anstimmen!«

»Und ihr, mit euren Engeln? Meinst du daß die mich nicht an Weihnachten erinnern? Meine Frau Ria braucht keine Flügel, beim Essen net und aufn Zimmer erst recht net!« Der Vizepräsident wandte sich von seinem Kritiker ab. Da griff der Autohändler nach seinem Glas. »Geh, Arthur, sama wieder guat! Zum Streiten is heut kein Tag. Prost! Und frohe Weihnachten!«

Nein, nein, ohne Engel und Christkind kann man nicht Weihnachten feiern. Auch wenn aus dem

Christkindl immer noch kein Mädchen geworden ist,
wie manche Pfarrausschußmitglieder es gern hätten.

Doppelzimmer mit Dusche

Frühmorgens um neun Uhr sind wir in Genua weggefahren. Über die Autobahn lief alles perfekt. Gegen Mittag war Mailand schon lange hinter uns. Und darum juckte mich der Hafer: Jetzt rennen wir nicht mehr über die Autobahn, wir machen einen fantastischen Umweg und reisen über Chiavenna durch das Engadin, über St. Moritz und Landeck direkt nach Garmisch. Eine Stunde später sind wir in München. Um fünf Uhr sind wir daheim und kommen frühzeitig zur Bescherung. Mama hat den Christbaum längst geschmückt. Du wirst staunen. Am Heiligen Abend unterwegs zu sein ist nicht ohne

Poesie. Der Verkehr ist mäßig und die Automobilisten sind alle zuvorkommend und freundlich, fast höflich. Man sieht es jedem Auto schon von weitem an, daß das Christkind unterwegs ist.

Widerwillig willigte Renate ein. Ihr waren die knappen Urlaubstage in Rapallo ohnehin nicht recht gewesen. Sie wär lieber Skigefahren. Außerdem war die Rückreise am 23. Dezember geplant, nicht am Heiligen Abend. Aber so ist er, dieser immer alles zu knapp berechnende Michael! Da kann man nur einwilligen oder Schluß machen. Sie muß und wird jedenfalls um 19 Uhr bei ihren Eltern zur Bescherung sein. Schon in Bergamo hatten die zwei einen fürchterlichen Krach im Wagen. »Sei mir bitte nicht böse, ich fahre mit dem Zug nach Verona und dann mit dem Paganini nach München. Um 18 Uhr bin ich am Hauptbahnhof. Laß mich aussteigen!« -

»Bleib doch, der Maloja ist nicht gesperrt. Um vier Uhr sind wir in Garmisch, um halb sechs lade ich dich bei deinen Eltern ab!«

Renate blieb hart, stieg aus und reiste mit der Bahn nach Hause. So genoß Michael die zauberhafte Fahrt durchs Engadin, machte in Finstermünz eine kurze

Brotzeit und wollte gegen fünf Uhr in Garmisch sein. Wer war heute schon unterwegs? Verspätete Christbaumschmücker. Väter mit ihrer kleinen Tochter, die erst um fünf Uhr daheim sein dürfen, weil die Mutter und der große Bruder, der nicht mehr »ans Christkindl glaubte« noch nicht mit dem Christbaumschmuck ganz fertig waren. Zusätzlich waren noch einige Päckchen zu verschnüren. Der Vater hatte Seines seit langem griffbereit im Schrank. Obschon sich die Eheleute gegenseitig wieder versprochen haben, sich nichts mehr zu schenken. »Nur die Kinder bekommen was.«

Michael sah hinter jedem entgegenkommenden Auto ein weihnachtliches Geheimnis. Renate denkt ihm zu prosaisch. Sie hat kein Empfinden fürs Poetische. So eine knappe Rückreise am Heiligen Abend birgt ein dutzend frohmachende Heimlichkeiten. Ein Wagen überholt ihn mit zwei aus dem geöffneten Kofferraumdeckel herausragenden Christbäumen. Ein Christbaumdieb? Und seine Frau soll entscheiden, welchen man schmücken solle, den oder den? – Gefehlt. Der Christbaumhändler transportiert seine übriggebliebene Ware. Er ist nicht in der besten Stimmung. Voriges Jahr hatte er alle Bäume verkauft. Heuer blieben ihm die zwei großen Fichten übrig. Aufgebracht fährt er zu schnell.

Eine alte Mutter sitzt im entgegenkommenden Auto. Er erkennt das kaum. Aber es beschäftigt seine Phantasie. – Der Enkel holt die Oma zur Bescherung. In Imst sieht er in einem parkenden Wagen einen Hund. Das war ein Deutscher Drahthaar. Ein Jäger, der seinem treuen Rasso im Metzgerladen einen Kranz Würste kauft? – Bestimmt. Er denkt nicht daran, daß die Läden seit spätestens 13 Uhr geschlossen haben. Der Jäger bringt seinem Forstmeister eine selbstgeschnitzte Madonna? Möglich ist viel auf den verschneiten Straßen am Hl. Abend. Es ist tatsächlich erst fünf Uhr und es geht schon über den Fernpaß. In einer halben Stunde gut bin ich in Garmisch. Er denkt nicht mehr an Renate. Er wird ihr den Koffer vor die Haustür ihrer Eltern stellen.

Plötzlich spürt er merkwürdige Schläge am linken Vorderrad. So etwas hat er noch nie bemerkt. Er hält an und steigt aus. Der Reifen ist ohne Luft. Es beginnt zu schneien. Kein Auto mehr läßt sich sehen. Er steigt wieder ein und versucht im Schrittempo weiterzukommen. Dort drüben liegt Schloß Fernstein. Wo König Ludwig genächtigt hat. Keine Tankstelle. Keine Werkstatt. Heut und morgen und übermorgen hätten sie sowieso geschlossen. Endlich eine Hotelpension. Er hält, er klopft, er klingelt. Es ist mittlerweile dunkel geworden. Endlich macht ihm eine Frauensperson auf. Er begehrt ein Zimmer. Zeigt auf seinen luftleeren Vorderreifen. Telefon haben sie natürlich. Er könne auch ein Zimmer haben. Er telefoniert zwei Stunden. Keine Werkstatt ist erreichbar. Natürlich nicht. Und der helfende Automobilclub ist ständig belegt. Er spricht endlich mit seinen Eltern. Vater verspricht ihn zu holen. Morgen. Er möge die Nacht nur schlafend im Hotel verbringen. – Er geht endlich auf sein Zimmer und legt sich ins Bett. Zimmer mit Dusche. Eine abgebrannte Adventskerze erinnert an den hochheiligen Tag. Michael bewundert die Voraussicht Reginas. Er ruft sie an. Tatsächlich sie sitzt in der Christbaumstube ihrer Eltern. Ihre Bescherung war gerade. Morgen würde ihn sein Vater abholen. Sein Wagen kann stehen bis Neujahr. Er dreht das Licht aus.

Er fährt hoch. Ja, haben denn die im Hause keine Fahrradpumpe? Er läßt den Gedanken wieder fahren. Morgen vielleicht? Ein bezaubernder Heiliger Abend. Er dreht sich gegen die Wand. Dann steht er wieder auf, zieht die Hose an und geht auf und ab wie ein Gefangener in seiner Zelle. Hat er das verdient? – Schicksal. – Schmarrn, es ist ja nur ein dummer Zufall. Da entdeckt er in der Schublade seines Nachttischchens ein Buch. Er blättert darin. Eine Bibel für eilige Hotelgäste ist das. Er blättert und liest dies und das. Endlich schlägt er den Anfang des Evangeliums nach Lukas auf: »In den Tagen des Herodes, des Königs von Judäa...« Er las die ganze Geschichte von Zacharias und Elisabeth und wie diese »vorgerückt sei in ihren Tagen...« Er las die Geburt des Johannes des Täufers. Er wollte das Buch schon zuschlagen, da fiel sein Auge auf das zweite Kapitel: Geburt Jesu und Besuch der Hirten. Er zündete mit seinem Feuerzeug die heruntergebrannte Kerze an und las mit Beruhigung , ja Andacht: »In jener Zeit erging ein Erlaß des Kaisers Augustus den ganzen Erdkreis aufzeichnen zu lassen. Die Aufzeichnung war die erste und geschah als Quirinus...«

Sein Gemüt wurde nicht nur ruhig, Michael wurde fröhlich. Die abgebrannte Adventskerze brannte heller als daheim der ganze Christbaum. »Donnerwetter, dieses Erlebnis ist das Stärkste am heutigen Heiligen Abend«, sagte er laut für sich hin. Und er hörte die himmlischen Heerscharen: Ehre sei Gott in der Höhe und Frieden den Menschen auf Erden, die guten Willens sind!

Da klopfte es an seiner Tür. Die Hausfrau, die

Wirtin, stand im Türrahmen, aufgeputzt und fast so strahlend wie ein Engel in Bethlehem.

»Wolln´S nicht mit uns ein Glaserl Punsch mittrinken?« fragte sie. Er folgte ihr in das geschmückte Frühstückszimmer hinunter. Hier brannten viele Kerzen am Christbaum. Pakete wurden ausgewickelt. Auch von der hübschen Bedienung, der Fräulein Evi. Die Kinder waren noch klein, freuten sich an ihren wunderbaren Puppen, die sprechen konnten oder am Kran einer Baumaschine. Evi schenkte ihm Punsch ein, servierte ihm ein übervolles Teller mit Plätzchen. Michael war gebannt und berührt. Er sagte nichts. Aber er würde sich revanchieren. Der Wirt legte eine CD auf und die Wiener Sängerknaben sangen innig das heilige Lied von der stillen Nacht. Sie war für Michael nun gar nicht mehr so still wie noch vor fünfzehn Minuten auf seinem Zimmer. Er schwor sich, wiederzukommen. Dann fuhren alle mit dem Kleinbus in die Christmette nach Ehrwald.

Morgen, am Weihnachtstag schon würde er es ihr sagen. Und jeden Sonntag würde er wieder kommen. Diese Eva und keine andere. Das Christkind hat gesprochen.

Der 22. Dezember

Er war jung und ein Bildhauer. Voller Einfälle sammelte er von Arbeit zu Arbeit seine fortschrittlichen Erfahrungen. Doch das tägliche Leben Anfang der Dreißiger Jahre war schwer. Er verließ die Großstadt und ließ sich in einem niederbayerischen Marktflecken nieder, zog seinem Vater nach, einem pensionierten Eisenbahner. Als Steinmetz konnte er zu einigem Einkommen gelangen: Schriften schlug er in die Marmortafeln: »...hier ruht mein guter Mann, der ehrengeachtete Herr Sebastian Mayer, Austragsvater von Sternling...« Vergoldet kostete der Buchstabe eine Mark achtzig. Der Stein dazu und darüber das Kreuz. Trotz der eingesessenen Konkurrenz machte sich das »Geschäft« nicht schlecht für den jungen Künstler, der eigentlich Denkmäler, Portraits und Madonnen hauen wollte. Er hat auch gemalt: Die einheimische Burg, den Kirchberg, Portraits und eine Schutzmantelmadonna. Dem Pfarrer von Bad Höhenstadt gefielen seine Bilder und weil gerade der Kapuziner, Bruder Konrad, selig gesprochen wurde, bestellte er bei dem jungen Meister Rudolf ein Bild des Seligen für die Kirche. »Jawohl Bruder Konrad gehört in unser Gotteshaus. Wir sind auch Rottaler, fast eine Nachbarspfarrei. Ich hab auch schon einen Platz im Seitenschiff neben dem Altar.«

Der Bildhauer malte nun – gerade auf Pfingsten 1934 – zur Heiligsprechung des Altöttinger Kapuziners, ein vortrefflich gelungenes Bild des Hl. Rottalers. Stolz brachte die Mutter Rudolfs das Werk ihres Sohnes in den Pfarrhof. Der junge Künstler verlangte für das Gemälde nichts. Die Hilfe des heiligen Landsmannes vom Himmel aus genüge ihm voll und ganz. Er hatte obendrein gerade geheiratet und das zweite Kind wurde eben geboren. Ein großer Auftrag kam ins Haus, ein Kriegerdenkmal durfte er anfertigen. Und immer mehr Grabsteine wurden verlangt.

Das ist der spürbare Segen für dieses Bild, sagte er sich. Er hatte den Heiligenschein um das Haupt des Hl. Konrad direkt auf die Stirnrinde hell leuchtend aufgesetzt. Als ob die Heiligkeit direkt aus dem Haupte herausglühen würde. Nicht breit und herkömmlich war dieser Schein, sondern schmal und eng und phosphoriszierend – geheimnisvoll. »Der Meister hat die Helligkeit des Rottaler Bauernsohnes so empfunden. Was bleibt, das schaffen die Künstler«, meinte der Pfarrer. Er hat das Bild gleich eingeweiht und an seinen Platz gehängt. Die Heiligkeit ist angeboren. War sie auch dem Venusbauernsohn von Parzham, Pfarrei Weng, Bezirksamt Griesbach. Bruder Konrad, der 41 Jahre lang im Kapuzinerkloster zu Altötting den Pförtnerdienst verrichtet hat – und zwar gewissenhaft und liebenswürdig »ist ein Vorbild der Demut«, sagte Pius XI. Bei seiner Ansprache zu Pfingsten im Petersdom. Und demütige Menschen seien Gott wertvoller als hochmütige.

Hat Pius dem neuen Deutschen Kanzler, dem Landsmann des neuen Heiligen, eine Lehre erteilen wollen? Nur gute zwanzig Kilometer ist es von Parzham nach Braunau. Der Venusbauernsohn Konrad hat nie den Wunsch geäußert studieren zu dürfen und Priester zu werden. Dazu war er zu demütig, nicht zu dumm. So ist der fromme Mann mit 32 Jahren als Laienbruder in ein Kapuzinerkloster eingetreten.

Am 22. Dezember 1818 ist Hansl Birndorfer in der oberen Stube des alten Rottaler Bauernhauses geboren. Am selben Tag hat in Oberndorf bei Laufen an der Salzach der Pfarrprovisor Josef Mohr die Verse *»Stille Nacht, Heilige Nacht«* gedichtet. Und der Lehrer Gruber hat am 23. Und 24. Dezember die Weise dazu komponiert. Und für die Gitarre begleitende Noten geschrieben. Weil sie in Oberndorf keine Orgel hatten. Das himmlische Lied ist in wenigen Jahren berühmt geworden. Weihnachtliche Sentimentalität? O nein, das Lied ist ein Engelshauch.

Als Novice im Kapuzinerkloster in Laufen hört Bruder Konrad 1851 zum erstenmal das Lied während der Mettennacht und ist tief ergriffen. Er weint Tränen des Mitleidens und der Freude, weiß ein Mitbruder zu berichten. Noch am Weihnachtstag ist er ergriffen und wünscht sich das Lied nach dem Hochamt nochmal gesungen. Aber er wagt sich Niemandem anzuvertrauen. Doch wie einem inneren Zwange folgend, spielt es der Pater Regens Chori auf der Orgel.

Vielleicht besteht ein überirdischer Zusammenhang der beiden Nächte im Pfarrhaus des Hilfspriesters Mohr und der »Oberen Stube« auf dem Venushof in Parzham? – Marianisch und christkindlnah ist es gewiß an der Salzach, wo die Gegend schon salzburgisch wird. Nicht weniger bethlehemitisch empfindet man die Tage vor dem Heiligen Abend auf einem Rottaler Bauernhof, wo das liebe Vieh im Stall in der heiligen Nacht sogar ein besseres Heu bekommt, ein Kälberheu, als ein Christkindl. Und wurde Josef Mohr, der Salzburger Hilfspriester, nicht zufällig von dem Passauer Bischof Kajetan 1815 zum Priester geweiht? In den überirdischen Dingen gelten andere Gesetze. Da weiß man nie nichts Gewisses. Es war auch eine unruhige Zeit damals. Soll Salzburg wieder einen Fürsterzbischof bekommen? Soll es bayerisch oder österreichisch werden? – Die Tage waren nach der Säkularisation aufklärerisch, fast gottlos geworden.

Meister Rudolf stand sich gut mit den Pfarrern. Das brachte schon sein »Geschäft« mit sich. Er wollte ein großes Missionskreuz schlagen.

Der Pfarrer von Bad Höhenstadt bedankte sich 1934 in einem Brief an den Meister Rudolf. Es ist ein schöner Dankesbrief. Am End heißt es: »Möge der

Hl. Bruder Konrad dem Meister dieses Bildes ganz besonders seinen Segen spenden. Denn das Bild ist gelungen.«

Bei der Purifizierung des Gotteshauses kam Rudolf Schwarzens Konradbild in die Sakristei. Mit Bewilligung des Pfarrausschußes hängt es heute neben der Schlafzimmertür der 1940 geborenen Tochter des Malers. Sie kann sich an ihren Vater kaum erinnern. Aber als kleine Volksschülerin näherte sich oft ein Sonderling, der Maxl, und sprach sie immer mit Mitleid und fast mit Ehrfurcht an: »Steinmetzmädi, gell du bist s´Steinmetzmädi« Dein Vater hab i guat kennt.« Auch im Winter ging er barfuß, »weil es das Christkindl auch nicht gefroren hat.«

Lucia geht der Tag irr

Die hl. Lucia, deren Fest die Kirche am 13. Dezember feiert, war eine Schönheit aus Syrakus und hatte einen jungen Kaiserlichen Offizier zum Verehrer. Aber sie wollte ihn nicht. Da verklagte sie der junge Mann, sie sei eine Christin. So wurde Lucia, sagt ihre Legende, schlielich hingerichtet. Der Lebenslauf dieser Dezemberheiligen ist der Christenheit so bedeutend, daß wir ihrer im Kanon der Messe gedenken.

Und weil zwischen dem 13. Dezember und dem 6. Januar das Tageslicht so spürbar abnimmt, daß man bereits in der Dunkelheit die Stallarbeit verrichten muß, sagt ein bäuerliches Sprichwort in Ober- und Niederbayern: »*Zu Lucia geht der Tag irr*», in der Mundart: »*Z'Luzia geht der Tag ia*«. Es muß sich ja reimen. Gern hat das der allzeit übermütige Anderl gesagt. Besonders laut und optimistisch in der Dunkelheit der von Schlachtenlärm durchtobten Nächte im Dezember 1942 im Kessel von Stalingrad. »*Z'Luzia geht der Tag ia*«. Und sie haben wieder Deckung gesucht. Die Stalinorgeln haben gedonnert. Es ist auch tagsüber nicht richtig hell geworden.

Es hat keinen adventlichen Glühwein gegeben. Die eigene Feldküche war zerschossen. Der Reihe nach sind die Kameraden getroffen umgefallen. Der Anderl hat immer noch ein Glück gehabt. Er hat jetzt nur den Spruch ein wenig länger gemacht: »*Heilige Luzia mit dir geht der Tag ia*«. Und er hat an beide gedacht, an seine Braut, die ausgerechnet auf den schönen Namen getauft war und an die heilige Syrakuserin. Schließlich ist er verwundet worden und lag in einem Keller. Kaum war er wieder bei Bewußtsein, sagte er seinen Spruch auf: »*Heilige Lucia , mit dir geht der Tag ia*«. – Da legten ihn Sanitäter auf eine Bahre und trugen ihn zu einem Flugzeug. Es war eine Maschine, die dem Kessel um Stalingrad noch entfliehen konnte.

»Wennst a Glück hast, hilft dir sogar die Namenspatronin von deinm Maderl«, sagte er dem Stabsarzt in Kiew. Selbstverständlich ist die Flecknbauerntochter Lucia seine Frau geworden, wenn auch erst 1949. Weil der Anderl 1945 nochmal in Gefangenschaft gekommen ist. Die Hochzeit war aber nicht am Luciatag, den 13. Dezember, sondern bereits in den Faschingstagen gewesen. Auf Lucia ist schon eine kleine Lucia getauft worden. »Ja no, wennst so vuil Glück hast, wia i ghabt hab, muaßt der heiligen Sizilianerin dankbar sein.«

Der Huber Martin hat mir eine noch makabere Adventsgeschichte erzählt. Weil sie ihn beim Sauabstechen erwischt haben, beim »Weihnachter machen« ist er zwei Tage vor dem vierten Adventsonntag 1943 zu neun Monaten Gefängnis – ohne Bewährung – verurteilt worden. »Warum ausgerechnet mich, Herr Richter? Es werden auf anderen Höfen auch Schwarzschlachtungen passieren. Und den Bauern geschieht nichts? Auf unsern Hof arbeiten zwei Ukrainer und zwei Franzosen und eine Polin. Die arbeiten hart und mögen auch was essen. Was wir auf die Lebensmittelkarten kriegen, ist viel zu wenig für einen harten Bauernarbeiter.«

»Das mag schon sein, Angeklagter. Jene Bauern haben aber einen besseren Leumund als Sie. Sie sind als politisch unzuverlässig bekannt. Wie ich gerade sehe, neun Monate Haft sind Ihnen zu wenig. Wir machen zwei Jahre Zuchthaus daraus. Die Verhandlung ist beendet.«

Es sind dann doch keine zwei Jahre mehr geworden, sondern nur eineinviertel, indem der Huberbauer mit seinen 65 Jahren im März 1945 »zur Bestellung der Felder« amnestiert worden ist. Und dann war ohnehin der Krieg aus.

Wen intressieren solche Geschichten? In ihrem alten Bauernschrank hielt die Urgroßmutter eine Schuhschachtel voller Feldpostbriefe und Postkarten aufbewahrt. Besonders mit Dezemberdaten sind sie versehen. »*Epinal, den 6. Dezember 1916. Liebe Lisl, ich hoffe noch immer auf einen Weihnachtsurlaub. Die eine Woche in der Etappe geht es mir gut. Aber ich denke viel an daheim. Was macht die Sophie und wie geht's dem Hans in der Schule? Ich grüße euch und hoffe auf ein baldiges Wiedersehen im Frieden!*« Das war sein letzter Gruß. Am dritten Adventssonntag kam ein Brief von seinem Hauptmann. »*Ihr Mann ist bei der Rückeroberung eines vom Feinde besetzten Schützen-*

grabens am 13. Dezember den Heldentod für König, Kaiser und Vaterland gefallen.«

Das waren traurige Weihnachten. Aber schon die Kinder haben solche Briefe nicht mehr lesen wollen. Die Enkel schon gleich gar nicht mehr. Der Urenkel hat sie in den Papierkorb geworfen. »Wenn man zweiundneunzig Jahre alt wird, zwei Weltkriege, zwei Inflationen und vier Revolutionen erlebt hat, hat einen das Christkindl 1982 gern holen dürfen.« Und jene Urgroßmutter ist wirklich am 13. Dezember verstorben.

Ja freilich, der Advent ist etwas Geistiges: Man wartet auf den Erlöser, »daß′ uns ′s Christkindl kimmt und an Himmi aufnimmt«. Geht es dir gut, sollst du dich an die schlechten Zeiten erinnern, besonders an die schlechten deutschen Zeiten. *»O nein, Opa, in Europa wird es keine schlechten Zeiten mehr geben!«*

Eisig hart war die Natur. Vom Christkind keine Spur! Auch wer nicht an der Front gewesen und in keinem Lager zugrundegegangen ist, konnte auf Weihnachten 1944 zu Tode und ins Elend kommen. Ein einziger Fliegerangriff der Amerikaner auf

München – um die Weihnachtszeit – kostete 500 Tote, 980 Verletzte und bis zu 70 000 Obdachlose. Und es waren viele Angriffe im Dezember 44, zur Weihnachtszeit.

Die Lebensmittelmarken, die Bettstatt, das ganze Haus, alles war dahin. Auch der schon eroberte Christbaum samt Kerzen. »Und 's Christkindl war noch nicht gekommen. Die Bescherung hatten wir drei Tage vorher.«

Die Weihnachten 1945, die ersten Friedensweihnachten, brachten noch viel Unglück. Heimkehrende vorbeiziehende Kameraden erzählten vom Tod des Vaters. Und in den Tanzsälen der erhaltenen Dorfwirtschaften und in manchen größeren Räumen der Märkte und Kleinstädte, in den Turnsälen der Schulen, lagen aus dem Osten vertriebene Familien auf den Fußböden.

Vom Christkind keine Spur.
Die Herzen wurden stur.
Heut ist das alles lang vergessen.
Es plagt uns Überfluß und gutes Essen.

Gefürchtet ist nur noch das Finanzamt. Wenn während des Advents eine Steuerprüfung ins Haus steht, dann wollen die meisten nicht mehr ans Christkind denken. Denn da hat man die Bescherung dann schon gehabt. Wenigstens gepfändet soll man nicht werden während der Feiertage. Der Staat zeigt sich christkindlnah.

In den Tagen vor Weihnachten 1942 sind im Kriegsgefangenenlager der Franzosen, M. Georges Renee und die Wirtstochter Johanna sich etwas näher gekommen. Georges hat beim Wirt in Greimelfing in den Wintertagen dem Wirtsvater in der Metzgerei und der Wirtin in der Küch und in der Schänke mithelfen dürfen. In Hannis Kammer sind »erübrigte« Würst und geselchte Zenterlinge aufbewahrt worden. Und als die Hanni gerade aufgestanden war, weil ja das »schwarze Arbeiten« schon am frühesten Morgen passieren hat müssen, ist Georges mit etlichen Kränzen neuer Würste in ihr Zimmer gekommen. »Vater gesagt, ich soll dir geben, Hanni!« Der Hanni hat der M. Georges aus Amiens sehr gefallen. Schon seit Micheli haben sie sich geküsst. Sie hat am 24. September 1943 einen Sohn geboren. Den Namen des Vaters hat sie auf dem Standesamt nicht angeben dürfen. »Unbekannt« sagte der Vater und schimpfte auf die Herren Offiziere. Von denen hätte die Hanni im Zug nach München einen getroffen. Allein im Abteil, wie sie zu ihrer Tante unterwegs gewesen. »Da dagegen kannst nix machen«, seufzte er.

Niemals hätte er den M. Georges Renee verraten. Denn es war den deutschen Mädchen streng verboten mit einem Kriegsgefangenen sich einzulassen. Dafür wurden sie vor versammelter Gemeinde kahl geschoren. Einigen ist das passiert. Zum zweiten Mal hat Hanni erst im April 1945 geboren. Sie hat fleißig französisch gelernt und gewartet. Georges hat sie erst 48 nach Amiens geholt. Da war sie immerhin erst 23 und er 30. So hat der Wirt von Greimelfing eine Verwandtschaft in Amiens.

Es hat noch zwei jüngere Wirtstöchter gegeben. Diese, die Erika und die Hilde, hatten zwar ihren Eltern keinen französischen Schwiegersohn gebracht. Aber als 1944 Weihnachten gefeiert wurde, hatten alle »Gefangenen« auf dem Tanzboden am Hl. Abend freien Zugang in die Gaststube und in die Küche. Einer hat Klavier gespielt und die drei Wirtstöchter samt der Küchenmagd Anni, der Ukrainerin und einer kroatischen Schweizerin haben mit den Herren Gefangenen fleißig getanzt. »Ja no, wenn unsere

Buabn in Rußland stehn, wer soll den Dirndl das Tanzen lernen?« sagte der Wirtsvater. Und seine Wirtin hat sowieso mit M. Albert einen langsamen Walzer versucht. – Und der Wirtsvater mit einer ausgebombten Hamburgerin.

Ein Münchner »ausgebombter Parteikassier« hat diesen fröhlichen Heiligen Abend angezeigt. Es ist gottlob nichts mehr passiert. »Ja, mit am Zenterling Gselchtes ist bei uns damals niemand mehr verfolgt worden.« So waren die Verhältnisse in Greimelfing vielleicht eine Ausnahme im »Großdeutschen Reich«, das es nicht mehr gegeben hat.

Ein historischer Überblick kriegerischer Vorkommnisse in den Adventstagen mögen diese merkwürdig schauderhaften Betrachtungen abrunden. Im Advent 1916 wollte Präsident Wilson mit den Spitzen Frankreichs, Englands und Rußlands *»an einem neutralen Ort«,* Friedensverhandlungen mit Deutschland und Österreich beginnen. Aber die deutschen Generale und der deutsche Kaiser samt Reichstag haben dieses Angebot abgelehnt. Und sie haben mit Fleiß den U-Bootkrieg weiter geführt. Kaiser Franz Josef I. von Österreich-Ungarn war eben am 30. November 1916 verstorben. Er wäre friedensbereit gewesen. Wilhelm II. glaubte an den Sieg. Amerika ist in den Krieg eingetreten.

Noch Peinlicheres ist in den Tagen vor Weihnachten passiert. Auch in Bayern: Am 20. Dezember 1924 wurde, nach kaum 6 Monaten, Adolf Hitler aus der Festungshaft in Landsberg entlassen. Und der bayerische Ministerpräsident Held hat ihm gar eine Audienz gewährt. *»Der Mann ist bekehrt. Er wird keinen revolutinären Putsch mehr machen.«*

Natürlich ist auch Schönes und Bedeutendes zu vermelden. Ludwig van Beethoven ist im Dezember geboren. Und Mozart ist am 5. Dezember verstorben. In St. Peter in Salzburg gedenkt man dieses Tages jedes Jahr mit seinem Requiem.

König Ludwig I. von Bayern hat am 7. Dezember 1835 zwischen Nürnberg und Fürth die Erste Deutsche Eisenbahn feierlich eröffnet. Damit hat die moderne, die technische Welt, ihren Anfang genommen. *»Aufgehen wird alles in Rauch«*, hat er selber gedichtet.

Eine »staade Zeit« der Advent, die Tage vor dem Heiligen Abend? Hat man das vergangene, unselige

20. Jahrhundert erlebt, mit den Millionen Toten allein in Deutschland, dann kann Einer Advent und Weihnachten nur noch mit einem starken religiösen Herzen »feiern«.

Auf Lucia geht der Tag irr. Tauet Himmel! Der Arzt hat sich in seiner Krebsdiagnose geirrt. Vom Christkind doch eine Spur?

Adventsingen

Landauf, landab werden Adventsingen abgehalten. Ein Vorleser liest aus einem Buch herzlich-fromme Hirtengeschichten vor und zwischen diesen Lesungen singen die Sängerinnen und Sänger noch herzinnigere Adventslieder. Nichts Frömmeres hat die Volksmusik hervorgebracht. Das trifft einen tief in die Brust und noch weiter unten, wo das Lebendige sitzt.

Du hörst nicht nur mit Begeisterung zu, du schaust dir auch die Zither-spielenden Dirndln an, ihre Mieder und Schürzen. Bei den Sängerinnen gleich gar, weil die stehen und man ihre ganzen

Figuren bewundern kann. Die Frauenspersonen ergötzen sich nicht weniger an den tiefen Männerstimmen der bärtigen Volkssänger in ihren Lederhosen und kurzen Trachtenjoppen. Manches Mädchen verfolgt einen blasenden Burschen mit herzlicher Sympathie. Die Mayer Fanny mit ihrem rotseidenen Schürzerl ist erst aus der Grundschule gekommen, trägt lange Zöpf und hat bereits eine Stimme wie ein Rauschgoldengerl.

Am liebsten werfe ich meine Blicke auf die Harfenistin. Wie sie ihr Instrument zwischen ihren Knien hält, erscheint mir mehr als nur reizend. Und doch zupft sie recht fromm und dem Christkind zu lieb ihre Saiten. Ich sehe es genau, sie hat zarte Handerl! Obendrein beherrscht sie ihr Instrument meisterhaft. Sie ist die Schmid Annette, die Tochter des Baßgeigenzupfers. Vorigen Advent hat sie bittere Erfahrungen erleben müssen. Sie war unsterblich verliebt in den Klarinettisten. Warum nicht? Schütteln sie nicht den Kopf! Harfe und Klarinette können zusammen üben. Der Klarinettist ist zudem ein musikalisches Universalgenie. Er spielt auf dem Kirchenchor die Orgel und leitet die Chorproben. Peter heißt er. Und er ist allerweil noch ledig. Die Annette weiß das. Sie singt nämlich im Kirchenchor Sopran.

Meistens sogar die Soli. Und Peter schätzt sie, das spürt sie. Sie bildet sich nichts ein, wenn sie glaubt, sie, die Sopransolistin und er, der Herr Organist und Bankangestellte bei der Sparkasse, sie gäben ein gutes Paar.

Er war zu ihr immer freundlich. Aber nicht mehr. Nicht einmal wenn sie zusammen geprobt haben. Einmal hat sie mit Fleiß falsch gesungen, daß er mit ihr wenigstens ein paar Worte mehr hat reden müssen. An ihr hat die Zurückhaltung gewiß nicht gelegen. Auch an ihrer einfachen Eleganz nicht. An ihren scheuen Blicken erst recht nicht. Auf dem Kirchenchor muß man sich ja zurückhalten.

Ein Orgelspieler ist halt in Liebesdingen ein Spätzünder, denkt sie sich. Obwohl auf dem Kirchenchor der Zölibat keine Geltung hat. Wie sie ihm bei einem längeren Orgel-Nachspiel einmal umblättert, sind ihre Hände beim Registrieren doch zusammengekommen. Das hat ihr gefallen, hat sie fast elektrisiert. Aber es ist nach dem Schlußakkord doch nichts weiteres passiert.

Beim Adventsingen, wenn sie die Harfe zupft und er seine Klarinette bläst, wird ihr bestimmt etwas einfallen, sagt sie sich, denn bis zum Heiligen Abend möchte sie seine Verlobte sein. Auch wenn sie den Peter geradezu verführen wird müssen. Hoffentlich mit mehr Erfolg wie weiland die Putiphar den keuschen Joseph!

Die musikalische Liebesgeschichte im Advent läßt sich nicht schlecht an. Der Vater fährt sie zur Aufführung. Heimzu bittet sie Peter, sie und ihre Harfe heimbringen zu wollen. Er verschließt sich ihren Wünschen nicht. Unauffällig streift im engen Wagen ihr Knie seine schaltende Hand. Und vor dem Haus bedankt sie sich mit einem kleinen Kuß. Er läßt sich's gefallen und gibt ihr das Bussi zurück. Hilft ihr aber vor ihrem Vaterhause dann doch aussteigen und wünscht gute Nacht. Wenigstens einen flüchtigen Kuß hat sie bekommen. »Peter, dich krieg ich noch«, sagt sie sich, »und wenn du ins Kloster gehen willst«.

Die Roratezeit ist einmal zu heimelig. Für Advent-Singer-Musikanten ist alles noch viel heimeliger. Auch wenn man nicht Maria und Josef heißt, sondern Annette und Peter. Vor der nächsten Probe liest sie ihm, den zu früh Gekommenen aus einem Buch die merkwürdige Geschichte des Adventliedes »Tauet Himmel den Gerechten« vor. Wie daß dieses Lied auf der Herreninsel im Chiemsee komponiert worden sei, im dortigen Augustinerchorherrnstift anno 1779 von dem Chorherrn P. Norbert Hauner, einem gebürtigen Wirtssohn vom Stampflberg bei Kloster Au am Inn. – Sie hat es erraten. Peter hat das noch nicht gewußt und hört mit Interesse zu. – Holla, denkt sie sich, »ich muß ihn geistig packen. Die irdische Liebe bring ich ihm dann schon bei.« Sie zitiert gleich noch ein altes Weihnachtsgedicht: »Orgelton und Glockenklang, Hirtenlieder, Engelsang, gnadenreiche Weihnachtszeit für die ganze Christenheit!« Das sei noch nicht vertont. Vielleicht würde ihm eine schöne Melodie dazu einfallen? Aber der Organist wehrt ab. Auf Weihnachten würde schon zu viel komponiert. Das Christkindl mache ja jedem zum Dichter und Komponisten.

Dann will er mit ihr die Bauernmesse von der Annette Thoma einstudieren. Will er damit seine Sympathie andeuten? Sie heißt ja auch Annette. Und wieder treten sie in einem Adventsingen mit Harfe und Klarinette auf. Sie hört von den sechs anderen Musikern keinen heraus. »Maria übers Gebirge geht zur ihrer Bas Elisabeth.« Auch sie ist voller Hoffnung, obschon der Peter sie noch nicht zu seiner Braut gemacht hat.

Aber genau am vierten Adventsonntag passiert das Unglück, das sie in eine Krankheit treibt. Seitdem geht sie nicht mehr auf den Chor. Seitdem singt sie keinen Ton mehr. Nicht einmal in die Kirche will sie gehen. Sie ist fertig mit jeder Musik. Mit allem »Geistigen«. Sogar mit dem Christkind!

Eine Katastrophe ist passiert. Sie geht am vierten Adventsonntag vom Chor, denkt an das Evangelium, daß jedes Tal ausgefüllt und jeder Berg abgetragen werden soll. Da fängt der Peter nochmal mit einem Nachspiel an. Sie kehrt um und will ihm umblättern helfen.

Aber was sehen ihre Augen? Die Altistin Magdalena sitzt bei ihm auf der Orgelbank. Und wie er bald den letzten Akkord anschlägt, gibt sie ihm – auf der Orgelbank – einen Kuß. Es war ein Kuß und kein Bussi. Er erwiderte sogar die Liebesbezeugung. Auf der Orgelbank! Er küsst die sündige Magdalena. Auf der Orgelbank ist so etwas verboten. Wenn das der Herr Pfarrer erfährt, muß die Kirche nochmal geweiht werden. Das ist kanonisches Recht. Bei Vergießen von Blut oder menschlichem Samen ist eine »Rekonziliation« fällig! Sie weiß das von einem humorigen Vortrag des neuen Herrn Pfarrers für die Sänger des Kirchenchores.

Annette, die Sopranistin und eifrige Harfenistin ist wie vom Schlagfluß getroffen. Nur mit Mühe kann sie sich unbemerkt entfernen. Sie sperrt sich in ihr Zimmer, ißt nichts mehr und trinkt kaum noch ein Mineralwasser. Sie spricht nicht einmal mit ihrer Mutter. Sie magert ab, wird ernsthaft krank. Nur »gemütskrank« sagen die Angehörigen. Das würde schon wieder vergehen. Aber es vergeht nicht. Der Doktor schickt das musikalische Mädchen in ein Krankenhaus. Von dort kommt sie auf Erholung in ein Spezialklinikum.

Ein Assistenzarzt macht ihr den Hof. Sie mag ihn nicht. Ein tieftrauriger Mitpatient zeigt an ihrer Seite wieder etwas Interesse am Leben. Vor allem kann sie keine Musik mehr hören. Nicht einmal Volksmusik! Obwohl ihr der Psychologe von allen möglichen Instrumenten vorschwärmt. – Endlich bringt er sie und ihre Gruppe so weit, daß sie zu einem »Patiententanz« sich zusammentun.

Da geschieht ein kleines Wunder. Aber kein schönes, würden ihre Freunde von der Volksmusik sagen. Ihr gefällt plötzlich das Saxaphon. Auch der Saxaphonist sagt ihr zu. Die Sympathie findet ein Echo. Der Tanzmusiker besucht sie wiederholt auf ihrem Zimmer. Langsam wird sie wieder gesund. Hat nun allerdings Angst vor zu stürmischer Liebe.

Aber auch diese Ängste kann sie »abbauen.« Sie, die Kirchen- und Volksmusikantin wird die Freundin eines Saxaphonisten, der ihr andere Dimensionen seiner Musikalität eröffnet.

Sie empfindet das selber himmelschreiend. Doch wenigstens hat sie wieder Appetit. Bei ihrer Entlassung hat sie drei Kilo zugenommen.

Und weil die Kurklinik 250 Kilometer von ihrem Heimatort entfernt ist, erwartet sie keinen Besuch des Saxaphonisten. Sie will ihn auch nicht unbedingt sehen. Es genügt ihr das näselnde Instrument manchmal von einer ihr geschenkten CD zu hören. Sie packt ihre Harfe wieder aus, stimmt sie, greift in die Saiten. Jetzt kann vieles wieder gut werden. Der Organist mag mit seiner Altistin glücklich sein!

Im Adventsänger-Ensemble gefällt ihr nun der Trompeter. Ihr Akkorde klingen voller, runder, sinnlicher. Ausgerechnet der Trompeter! –

Es ist eine sinnliche Geschichte, da Maria vom Hl.

Geist empfängt, Josef sie zur Frau nimmt und sie gesegneten Leibes ihre Base Elisabeth heimsucht. So viel Sinnlichkeit hatten kaum die Heiden!

Ein Adventsingen ist etwas heimlich Schönes. Besonders wenn unsere vier Sänger das »Gegrüßt seist du Maria voll der Gnaden...« anstimmen. Die Herbergsuche in Bethlehem nicht vergessen! An alle diese heiligen Geschichten denkt Annette und doch wird sie bald die Frau des Trompeters, der gerade beim Finanzamt als Steuerprüfer angefangen hat. »Denk darum net schlecht, Annette! Maria und Josef sind ja auch in Sachen Finanzamt unterwegs gewesen nach Bethlehem. Indem der Kaiser Augustus es befohlen hat, daß ein jeder sich in seine Steuerliste solle eintragen lassen, ein jeder in seiner Vaterstadt.«

»Bravo, Gustl! Auf Weihnachten muß man sogar einen Finanzer gern haben!« Sagte sie und gab ihm einen sehr langen Kuß.

Tanz unterm Baum

Nicht Zugehfrau, festangestelltes »Mädchen für alles«, nach Tarif bezahlt, ist Frau Doris im Hause des Herrn Automobilgroßhändlers. Sie erlebt dort Weihnachten und ist überwältigt. Sie selber bekommt Schuhe, Wäsche und einen neuen Wintermantel. Alles paßt. Die gnädige Frau hat sich Mühe gegeben. Das ist eine armselige Kleinigkeit gegenüber den Geschenken der Familie. Die beiden Töchter und der Sohn, die Schwiegereltern und Eltern, der Freund der älteren, bereits fünfzehnjährigen Tochter, alle versammeln sich im kleinen Wohnzimmer. Man trinkt Sekt, den Frau Doris auf einem Tablett herumreicht, dann öffnen sich die Flügeltüren: Der Christbaum erstrahlt und aus die Stereoanlage erklingt von den Tölzer Sängerknaben gesungen das »Stille Nacht, Heilige Nacht.« Es klingt nicht zu laut, eher verführerisch leise. Der Herr selber hat die Lautsprecher und die Bässe so eingestellt. Man ahnt es gleich, der Herr ist ein musikalischer Kopf. Kaum ist das schöne Lied mit der letzten Strophe verklungen, wünschen sich alle »frohe Weihnachten«. Jetzt werden die Pakete geöffnet! An einem Zweiglein hängt eine teure Perlenkette an einem anderen die Autopapiere eines neuen Wagens. Die »Kinder« von 13 bis 18 wühlen aufgeregt herum, reissen Papierkartons auf und nicken anerkennend über dieses und jenes Geschenk. »Aber Mama, was tu ich denn mit diesem Skianzug zu den Skatebords? Und mit dieser Filmkamera zu dem neuen Handy?« Ruft die Dreizehneinhalbjährige. Die Fünfzehnjährige schüttelt ebenfalls den Kopf über ihr neues Mofa, über ihren Computer, über die Couverts von den Eltern und Großeltern mit je fünfhundert Mark. Halt, da ist noch eins von Vaters Vater mit nur einem Hunderter. Mama bedankt sich bei Papa mit einem Kuß über ein schwer goldenes Collier. Die Perlenkette hat sie noch nicht entdeckt. Dem Sohn werden die Schlüssel zu einem neuen Cabrio ausgehändigt. Durchs Wohnzimmer kann er den Wagen sehen, angestrahlt von zwei Scheinwerfern. Er will gleich eine Runde drehen.

»Halt, erst wird gegessen! Ich bitte die Herrschaften zu Tisch im Eßzimmer.« Es gibt die übliche Weihnachtsgans. Aber auch noch Rind- und Kalbfleisch. Und für die Großeltern Brathähnchen. Dazu viele Salate. Rotwein, Weißwein, Bier und Wasser. Es wird etwas hastig gegessen. Die Kinder wollen wieder zu ihren Geschenken. Den Nachtisch schlingen sie hinunter. Der Sohn startet seinen Wagen. Die große Tochter legt ihre Geschenke weg und verschwindet mit ihrem zwanzigjährigen Freund in ihrem Zimmer. Die Oma macht ein bedenkliches Gesicht. »Aber Mama, du lebst noch im 20. Jahrhundert! Moritz ist doch der Sohn von der Privatbank Müller und Dreher!« Die Alten bleiben sitzen und beginnen zu rauchen und zu trinken. Die jüngere Tochter erprobt ihre Skateboards auf dem Flur.

Endlich geht man zurück in den großen Salon zum Christbaum. Dort hat das »Mädchen« mittlerweile etwas aufgeräumt und am Tisch daneben gibt es Plätzchen und Punsch. Der Herr legt eine CD mit weihnachtlicher Musik auf. Die Jüngste muß den Fernseher ausmachen und geht auf ihr Zimmer. Man kostet den Punsch und lobt ihn. Der Herr des Hauses kritisiert ihn auch etwas. Dann spricht ein jeder über sein Geschenk. Dies und das hätte es nicht gebraucht. Der Vater des Hausherrn fängt wie jedes Jahr von der ärmlichen Weihnacht unterm Zweiten Weltkrieg zu erzählen an. »Opa, du bist halt noch ein Alter aus der »guten alten Zeit.«

»Ich war von 43 bis 45 kinderlandverschickt«, sagt der Alte. »Damals hat es im KLV-Lager nur Tee und einen harten Lebkuchen gegeben. In München waren die Häuser zerbombt. Wir lebten in einem Dorfwirtshaus. Im Saal. Die Betten übereinander. Und christliche Weihnachtslieder hat uns der KLV-Lagerführer nicht singen lassen. Obwohl das erlaubt gewesen wäre. Nach der Währungsreform 1948 erst bin ich in die Lehre gekommen. Da hat es im ersten Lehrjahr noch fast nichts gegeben. Eher Schläg hat mir mein Meister angedeihen lassen. Erst Anfang der Siebziger hab ich eine kleine Reparaturwerkstatt anfangen können. Aber Feste wie mein Herr Sohn sie jetzt feiert, haben wir uns nie leisten können...«

Es ist ihm schwer und anstrengend zuzuhören, weil er jedes Jahr die gleichen Geschichten erzählt. »Laß es gut sein, Papa, laß es gut sein! Ins Geschäft zu kommen und zu bleiben ist auch nicht leicht. Besonders nicht mit den heutigen Lehrbuben, den AZUBIs!

Jetzt waren sie beim Thema aller Unternehmer. Nicht mehr weit und man ereiferte sich über die Außenpolitik, die es nicht mehr gibt. Amerika, Europa und die Uno sind genug.

»Wo ist Regina so lange? Immer noch mit ihrem Moritz auf dem Zimmer?«

»Oma, laß sie doch! Plötzlich haben sie sich satt. Und weiß Gott, ob sie sich mit den Partnern besser verstehen. Daß es keine böse Überraschungen gibt, dafür ist gesorgt.«

»Oma hat recht. Zum Punsch könnten sie sich sehen lassen.«

Die gnädige Frau und Mutter, gerade 42 und selber aufregend modisch und erotisch gekleidet, steht auf und geht nach oben ins Zimmer der großen Tochter. Nicht ohne vorher anzuklopfen öffnet sie vorsichtig die Tür, die nicht verschlossen ist. »Hallo, ihr zwei, bitte zum Punsch!« Sie begibt sich wieder in den Salon mit dem Christbaum.

»Na und? Kommen sie?«

»Ja doch Papa, sie sind gleich fertig.«

Das Liebespaar läßt aber noch eine halbe Stunde auf sich warten. Dann wollen sie doch nicht bleiben. »Moritz besteht darauf, mich bei seinen Eltern heute vorzuführen. Frühstücken wollen wir wahrscheinlich dann doch mit euch!«

Sie sagten's und waren dahin. Auch der Sohn des Hauses, fährt mit seinem neuen Wagen und Führerschein zu seiner Freundin Laura. So sind denn die Alten und ganz Alten unter sich.

»Meine liebe Schwiegertochter, wenn es ein Christkind gibt, dann läßt das sich seinen Heiligen Abend nicht mehr lange so gottlos versauen.«

»Sag ich auch«, erwiderte der Hausherr schon leicht gepunscht. »Wenn unsere Religion eine Zukunft haben will, dann muß sie sich nach einem starken Partner umsehen. Fusionieren heißt das Gebot der Stunde. Müssen doch wir von der Automobilbranche auch fusionieren. Schlage vor: Die Römer gehen mit den Moslem und die Wittenberger mit den Zeugen und Baptisten etc. Später kann man weiter sehen.«

Er legt eine CD mit Jazzmusik auf und beginnt mit seiner attraktiven Gemahlin zu tanzen. »Natürlich tanzen wir! Gleich kommt Deine Vorgängerin, dann wird auch Opa gefragt sein. Bitte, Opa, Frau Doris ist ja auch noch da! Zum Einüben! Lassen wir das Fest harmonisch ausklingen!«

Trink dich satt!

Am Heiligen Abend geht es einem jeden gut. »Auch mir«, denkt sich der ehemalige Landtagsabgeordnete und Aufsichtsratsvorsitzende Wolfgang. Wegen Steuerhinterziehung, Veruntreuung, Urkundenfälschung, Erpressung und Anstiftung zum Meineid war er drei Jahre in einer Strafvollzugsanstalt »eingesessen«. Mandat, Immunität, Aufsichtsratsvorstandschaft, Familie, alles war dahin. Ohne all dem »Flitter« lebt er sich leichter. Aber er hatte noch Berge von Schulden! So war es für ihn besser, keinen festen Wohnort zu haben. Bis die Gläubiger es begreifen werden, daß von ihm nichts zu bekommen sei, werden noch Monate vergehen. Letzte Weihnachten im Knast hatte er im Kirchenchor mitgesungen. Das war schön gewesen. Hat aber sein Herz angegriffen. Heuer will er nicht einmal zur Mette gehen. Obschon neue Bekannte ihm vorgeschwärmt haben, wie galant im Dom sogar die verlassenen, ärmeren Damen zu »unsereinen« am Heiligen Abend sein sollen.

In der U-Bahn lernt er eine solche Gelegenheit kennen. Sie sitzt auf einem Pack alter Zeitungen und raucht eine Zigarette. Er bietet ihr seine Weinflasche an.

»Sie sind auf dem Weg zum Dom?« – »Nein«, sagte sie, »ich komme gerade von der bischöflichen Bescherung im Assisi-Saal. 1200 meinesgleichen wurden beschenkt. Mir war das Geld lieber. Ich hab es zweimal ergattert. Das sind vierzig Mark. Zusätzlich ein Päckchen Zigaretten. Bitte! – Der frommen Worte sind genug gewechselt.«

Das Paar beschloß in einem Obdachlosenasyl Weihnachten zu feiern. »Heute schicken sie einen nicht weg. Heute gibt´s Punsch und Plätzchen von der »Wendelsteinhilfe.« Und die »Engel des Herrn« spenden Anoracks, Socken und Hosen. Sogar Unterwäsche. Ich kenne mich aus. Ich weiß wo und was.«

Sie hieß Ingrid und war eine Chefsekretärin ohne Chef. Von heut auf morgen wurde sie wegen einer lächerlichen »Unterschlagung« von 12 000 Mark entlassen. Sie weiß aber, daß ihr Chef im Jahr mindestens das zwanzigfache vom Finanzamt vorbeigeschmuggelt hat. Sie kann das nur nicht beweisen. Weil sie zu dumm war und keine intimen »Aufzeichnungen« unterschlagen hatte.

Das Paar tat sich über die Feiertage zusammen und lebte wie früher »in Saus und Braus«. Von der »Single-Hilfe» über die »Entlassungen-Betreuung« bis zur Städtischen Obdachlosenfürsorge genossen sie weihnachtliche Großzügigkeit. Dazu kamen zahlreiche persönliche Spenden von Millionären mit weihnachtlicher Herzlichkeit. Pfarrausschüsse und Caritasheime luden sie zu Kaffeestunden ein. Zwischen Heilig Abend und Neujahr war es eine anstrengende Lust zu leben. Zudem konnten sie sich in der Ambulanz der Kliniken gratis behandeln lassen, ja gar am 2. Januar sich für vierzehn Tage ins »Spital« legen.

»Vierzehn Tag? Mindestens zweimal vier Wochen jedes Jahr,« wußte die neue Freundin. »Das zu Weihnachten eingesammelte Taschengeld muß halt ausreichen. Besonders in den Krankenhäusern braucht man viel Geld für Zigaretten, Kaffee und Rotwein aus dem Zahnbecher.«

»Jetzt trinken wir uns gehörig satt«, sagte Wolfgang. Er sprach – zum Ärgernis seiner Partei – immer wieder beim Generalsekretariat vor. Und hatte oft Erfolg, besonders weil er jetzt, auf Anraten der Chefsekretärin Ingrid, zahllose Verdächtigungen gegen Abgeordnete und Minister erpresserisch vortrug. Da schauten jedesmal zwei- und dreihundert Mark heraus. Dazu kamen die ordentlichen Fürsorgeleistungen für beide, denn das Paar trat zusammen in eine Lebensgemeinschaft und schaute sich um eine Zweizimmerwohnung um. »Als Arbeitslose kämen wir auch nicht viel höher«, meinte Frau Ingrid.

»Dem Christkindl sei Dank, daß wir uns gefunden haben! – Und das sag ich dir: Die kommenden Weihnachtstage verkleiden wir uns wieder als Obdachlose. Du als Maria und ich als Josef. Nein, von Tür zu Tür gehen wir nicht. Lieber kaufen wir uns per Anzahlung einen Gebrauchtwagen und fahren im Februar nach Sizilien.«

»Das tun wir. Immer dem Christkind entgegen reisen wir. Es ist schön, keinen anderen Ehrgeiz mehr zu kennen, als zu atmen zu essen und zu trinken. Gloria in excelsis Deo! Wir sind guten Willens.«

»Das liebe Christkind weiß es genau: Es gibt nur Erwischte und Nichterwischte. Es wurde ja auch erwischt. In Gethsemane.«

Der hohe Baum

Christbaumholen ist ein besonderer Sport. Sogar manche Waldbauern stehlen den heiligen Baum im benachbarten Staatsforst, weil sie »gerade keine rechte Jugend« haben. Tragisch wird es, wenn eine ganze Christbaumfuhre mit hundert Boschen auf dem Anhänger gestoppt wird.

Unser Dr. med vet., zuständig für unseren Kater – prunkt jedes Jahr mit einem sechs Meter hohen und über die Maßen herrlich geschmückten Christbaum in seinem Wohnzimmer. Nicht nur seine und der Nachbarn Kinder dürfen ihn gehörig bewundern, auch viele Fraulen und Herrlen seiner Patienten. Das ist jedes Jahr fast eine Festlichkeit, wenn man beim Herrn Tierarzt zum Nachmittagskaffee mit Plätzerl eingeladen wird und im großen Wohnzimmer sitzt, feierlich den enormen Baum bewundernd. Dieser Christbaum gehört tatsächlich zu den privaten Sehenswürdigkeiten im Landkreis. Ursprünglich war ja das Wohnzimmer nur drei Meter zwanzig gewesen. Aber mit einem Dreimeterbaum – und wenn er noch mit so kostbaren Glaskugeln und Tannenzapfen geschmückt ist – kann niemand den Rang einer Rarität beanspruchen. Der Architekt und der Baumeister haben Abhilfe geschaffen und das obere Zimmer gut zur Hälfte, dem Christbaumzimmer dazugeschlagen. Aber doch so, daß man die Absicht nicht merkt. Im oberen Geschoß, um die obere Hälfte des Baumes herum, führt eine Ballustrade mit Bücherschränken dahinter. Und die stellen eine schöne Klosterbibliothek vor.

Der Baum darf jetzt gut sechs Meter hoch sein. Gott sei Dank! Aber um so einen Sechsmeterbaum zu erwerben braucht es die Freundschaft des Forstmeisters. Der Herr Tierarzt behandelt die Hunde des Forstrates, den Deutschen Drahthaar und die beiden Dackel. Da passieren das Jahr über genug Vorkommnisse, die den Dr. med. vet. und den Herrn Forstmeister zusammenführen. Einmal kommt die Dackelhündin Yvonne nicht mehr zu ihren Welpen heim. Sie steckt im Fuchsbau begraben. Die beiden Herren organisieren Hundemilch und kleine Fläschchen. Da kann sich die tapfere Dackelin am dritten Tag doch noch selber befreien und säugt sofort ihre Jungen.

Dergleichen tierärztliche Abenteuer fördern die Freundschaft der beiden Männer. Spätestens am Thomastag vormittag, den 21. Dezember, wird der große, schöne Baum ausgesucht. In einer Einschlagschleuse haben die Holzfäller schon zwei – drei Stück zur Auswahl vorbestimmt. Der schönste Zehnmeterbaum wird ausgewählt, abgesägt, auf sechs Meter zwanzig zurechtgeschnitten und dann auf einem der großen Hänger mit einer Zugmaschine zur Tierarztvilla gebracht. Dort gibt es für die »Wald-Partie« bereits Glühwein und Lebkuchen. Auch mit dem Trinkgeld läßt sich der Herr Doktor nicht lumpen. Nach der gemütlichen Brotzeit wird der Baum angeschlagen und er reicht tatsächlich bis zum oberen Plafond der »Bibliothek«. Drei Tage lang klettern nun Herr und Frau Tierarzt an dem langen Baum hinauf und wieder herunter. Natürlich auf Leitern. Und es passiert beim Schmücken viel vorweihnachtliches Unglück. »Paß auf, Malvine, du hast heute schon zwei von den italienischen Kugeln zerbrochen!«

»Ist nicht wahr. An beiden Kugelscherben warst du Schuld! Weil du immer gleich zwei Kugel nimmst! Batsch! Schon wieder! Ausgerechnet die Sienesische mit der hl. Katharina!«

So wird der vorweihnachtliche Humor gefährlich abgebaut. Gottseidank klingelt öfters das Telefon oder die Praxisklingel, daß der Herr Doktor dringend gebraucht wird. Beim Engerlhofer kann eine Sau nicht ferkeln. Beim Hinterreiner tut sich eine Stute schwer bei ihrer Geburt. Eine Frau Zirngiebl bringt ihren Kanari daher. Beim Tierarzt ist von der vorweihnachtlichen Ruhe nichts zu spüren.

Aber der Baum nimmt von Stunde zu Stunde zu an Buntheit und Würde. Trotz der vielen Scherben wird er heuer besonders schön. Eine Schwierigkeit ist es, die vielen elektrischen Lichter anzubringen. Fünf Stromkreislamperl reichen kaum aus. Vor drei Jahren schon hat ein Spezialist sie zusammengeschlossen, daß auf einen einzigen Knopfdruck sie sich ein- und ausschalten lassen. Nicht nur das, sie lassen sich auch dunkler und heller fahren. Der Rauschgoldengel in himmlischer Höh, ganz oben glänzt ja eine kostbare Christbaumspitze, die von innen eigens bestrahlt werden kann, der Rauschgoldengel darunter trägt in leuchtenden Lettern die frohe Botschaft »*Gloria in altissimus Deo, et in terra pax hominibus bonae voluntatis!*«

»Das ist das Geheimnis, warum wir den Baum so hoch aufragend haben, weil der Engel singt »*Gloria in altissimus Deo*«. Das heißt ja Gott in der allerhöchsten Höhe sei Ehre! In altissimus, ganz hoch oben! Nicht damit wir vor der Nachbarschaft und vor der Kundschaft angeben wollen! Freilich, eine kleine Reklame ist es auch. Indem in unserer kleinen Stadt drei Tierarzt-Praxen erlaubt sind und wir Ärzte keine PR machen dürfen. Aber sag das niemand, Malvine, nicht einmal den Kindern!«

Als erster, schon am Weihnachtstag, war jedes Jahr der Herr Forstmeister zum Nachmittagspunsch bzw. Kaffee und Wein eingeladen. Und heuer ausgerechnet, nimmt er – wahrscheinlich wegen des im Frühjahr ausgestandenen Fuchsbauschreckens – seine beiden Jagd-Dackel mit. »Platz da! Und macht mir keine Schand!« sagte der Förster zu seinen Hunden.

Sie waren auch brav und legten sich unter den Kaffeetisch. Sie wußten, was ein Jagdhund vor allem können muß: Sechs und sieben Stunden mindestens unterm Wirtshaustisch liegen können. Nicht die Dackel vom Herrn Forstrat. Denn unser Forstmeister geht selten ins Wirtshaus.

Die Gäste haben bei den Tierarztleuten gerade mit dem Wein angefangen – und dabei immer wieder die Pracht und Herrlichkeit dieses einmaligen Christbaumes bewundert, da wurden die beiden Dackel ein wenig unruhig. Erst die Yvonne, dann auch noch der Sepperl. »Yvonne, hocken bleibst!« Auch Forstmeister sprechen am Weihnachtstag zu ihren Hunden nicht mit Engelszungen. »Wenn man so in eueren Baum hineinschaut, glaubt man sich schon im Himmel«, bewundert die Forstrātin. »Ist ja auch in unserem Wald gewachsen. Von meinem Vorgänger gepflanzt. Von mir gehätschelt und aufgezogen. Dieser Tannenbaum hat seinen Schmuck verdient!«

»Nächstes Jahr hängen wir auch noch spanische Kugeln hin. Und natürlich französische und österreichische. Damit die ganze EU einmal zusammenklingt«, sagt die Frau Tierarzt. Der Herr Forstmeister kann gerade noch mit »Respekt« beipflichten, da hebt sein Dackel Sepperl an dem herrlichen Christbaum das Bein. Und auch die Yvonne schlägt unterm strahlenden Tannenbaum ihr Wässerlein ab.

In diesem Augenblick erklingt, vom Herrn Dr. med. vet. aufgelegt, aus einer CD der Wiener Sängerknaben das »O Tannenbaum, o Tannenbaum...«

»Herr Doktor, das bedeutet keine Despektierlichkeit der beiden Dackl. Im Gegenteil, sie bewundern auf ihre Art den Baum. Trotzdem bitte ich um Entschuldigung! Nächstes Jahr nehme ich die beiden Spitzbuben nicht mehr mit. Halt auf, es ist ja auch die Yvonne dabei. Die hätt die Gescheitere sein sollen. Marsch, untern Tisch mit euch!« Folgsam legten sich die beiden wieder hin.

Noch höher können sie ihren Baum nicht mehr machen. Es sei denn, Herr Doktor bezieht auch noch den Speicher in die Wohnzimmerhöhe mit ein. Das ist indess nicht mehr notwendig, denn die Praxis vom »Christbaumtierarzt« ist die beste in der kleinen Stadt.

Was gehn mich die Englein an, wann ich im Himmel bin?

Es ist an jeder Geschichte etwas Wahres. Die Folgende ist historisch, ist wirklich 1992 passiert. Dabei ist er ein ordentlicher Mensch, der Herr Doktor der Jurisprudenz und Teilhaber einer gutgehenden Anwaltspraxis. Er ist sogar Mitglied einer christlichen Partei und ohne Zweifel ein Ehrenmann. In den Tagen vor dem Hl. Abend bekommt aber auch seine solide Welt ein anderes, ein fröhlicheres Gesicht. Am Marienplatz wird Glühwein angeboten. Der Weg zum Gericht führt ihn an den vielen Ständen und Standerln vorbei. Weihnachtliche Lieder versetzen ihn in die Kinderzeit. Krippenspiele lassen ihn die Gegenwart vergessen. Im Büro hängen drei Adventskränze. Auf seinem Schreibtisch brennen vier Kerzen und türmen sich Päckchen. Die Computer Damen strahlen Zufriedenheit, ja Glück aus. Morgen ist endlich der Heilige Abend. Eine Tochter mit dreizehn und ein Sohn mit sechzehn freuen sich auf ihre Geschenke. Der Bub Ernst gleich gar auf sein neues Mofa. Die Prüfung dazu hat er bestanden. Das Töchterl bekommt eine Skiausrüstung. Die Ehefrau Hilde einen neuen Mantel. Er selber wünscht sich eine Aktentasche. Ihm wird aber mehr geschenkt werden. Endlich ein Trachtenanzug mit grünem Hut samt Gamsbart. Weil er ja jetzt Mitglied einer Jägervereinigung ist, obwohl er niemals eine Jagdprüfung abgelegt. »Beruhigen´s Ihnen, Herr Doktor, es gibt auch Treiber unter uns«, meinte der Präsident des Jägerstammtisches im Dominikaner.

Er verbringt den Vormittag des Hl. Abend in der besten Stimmung daheim. Aber dann kommt ein Anruf er möge doch noch geschwind in der Kanzlei vorbeischauen. Das Christkind wäre auch für ihn gekommen. Um 16 Uhr muß er dann schon wieder fort. Der Jäger-Club trifft sich kurz im Dominikaner. »Zur Bescherung, sei bitte aber wenigstens um halb sechs Uhr daheim, Papa!«

Das könne er leicht einhalten, meint der Vater. Hat er in der Kanzlei nur zwei Glas Punsch getrunken und auf dem Markt bei dem einen Stand noch zwei Glas Glühwein. Weil er unglücklicherweise einem seiner dankbaren Mandanten in die Hände gelaufen ist. Einem auch von der Staatsanwaltschaft bestätigten Ehrenmann. Bei den Jägern würde er sich zurückhalten. Mamas Punsch sei ja doch der beste.

Aber auch im Herzen eines Rechtsanwaltes entzünden sich am Heiligen Abend viele Christbäume. Zwar saßen am großen runden Stammtisch nur fünf Personen, darunter eine hübsche Jägerin, die einige Sympathie für die Rechtspflege besitzt. Dann der Vorstand des Clubs, sein Mentor Anton, ein rüstiger Witwer, den es an so heiligen Tagen nicht nach Hause zieht. Im Dominikaner sitzen heute mehrere vornehme Singles, die hier angeblich auf die Mettennacht warten und den Heiligen Abend in guter Gesellschaft vergnüglich zubringen wollen. »Herr Doktor, für Sie ist Platz!« Ein Professor der Medizin steht am Telefon mit einem gerade noch frisch eingekauften Christbaum unterm Arm. Er diskutiert heftig. Wahrscheinlich mit seiner Frau. Als er zurück kommt wirkt er erleichtert. »Mein Baum wird nicht mehr benötigt. Die Schwiegermutter hat eben den ihren gebracht.«

Er stellte den seinen in die Ecke und bestellt ein frisches Weißbier.

»Herzlich Willkommen in unserer Runde!« Gottseidank trägt keiner der Herren einen Trachtenanzug. Alle sind vornehm gekleidet. »*Natürlich, wir warten ja auf die Christmette im Dom und gehen nicht auf die Pirsch, wie unser Patron Sankt Hubertus getan haben soll am Hl. Abend, wo er dann den weißen Hirsch mit dem Kreuz auf der Stirn gesehen hat.*«

Der Herr Rechtsanwalt ist erst seit Mai Mitglied in dieser erlauchten Runde. Alle trinken Bier und essen Entenbraten oder Kalbsbratwürste. Er hält sich an die Gepflogenheiten. Obwohl ihm das Essen nicht zu schmecken hat, ißt er schließlich doch mit Genuß. Schon hat er die zweite Halbe Bier getrunken. Ein drittes Glas wird vor ihm hingestellt. Er ißt, wie der Herr Präsident, ebenfalls einen ausgezeichneten Käse. Da er das vierte Glas leert, sieht er geschwind auf seine Uhr und sieht, daß es schon halb neun Uhr ist.

»Ich muß heim zu Frau und Kind, die Bescherung wartet.« Er will aufbrechen. »Herr Doktor, die bescheren sich auch ohne Papa. Einmal dürfen Sie sich das erlauben. Zu viel Sentimentalität schadet der

Familie. Gerade am Hl. Abend soll man das einmal zeigen. Auch als Anwalt. Und jetzt trinken wir noch ein Glas! Jetzt wird's erst schön. Passen Sie auf: Der Herr Wirt läßt ganz in unserer Nähe einen großen Christbaum entzünden. Daß wir Hubertus-Söhne auch etwas Weihnachtliches verspüren.

Die Weihnachtszecher hatten nichts dagegen und haben sich von der freundlichen Bedienung nochmal einschenken lassen. Zur Feier des Tages jetzt aber Wein. Der Medizinprofessor klemmt nochmal seinen Baum unter die Achsel und eilt zum Telefon. Die Kollegin Jägerin stieß mit dem zu Hause sehnlich erwarteten Rechtsanwalt an. Ein literarisch interessierter Doktor der Mathematik sagte, daß die Gäste in den überfüllten Wirtshäusern zu Bethlehem doch auch ein Gedenken wert seien und prostet auf die vornehmen Damen und Herren aus dem Hause David in der damaligen Post in Bethlehem. Der Medizinprofessor kehrt verärgert von seinem Telefonat zurück. »Sie haben sich schon beschert. Ohne mich! Pfui!«

Auch die Frau Rechtsanwalt mit den beiden Kindern war des langen Wartens überdrüssig. Als sie gegen zehn Uhr durch ein Telefonat im Dominikaner erfuhr, daß die Herren vom Jagdclub wohlauf seien, wenn auch leicht alkoholisch und daß ihr Mann, der Herr Rechtsanwalt dabei sei, ließ sie den Christbaum, wie gewöhnlich, anzünden und die Pakete öffnen. Das weihnachtliche Lied »Stille Nacht« sangen sie heuer nicht. Ernst freute sich trotzdem am Mofa und drehte sogleich eine Runde. Der Trachtenanzug des abgängigen Papa lag ausgepackt auf dem Tische der Bescherung. Tochter Agnes telefonierte mit ihrem Freund. Das Päckchen mit dem grünen Hut blieb ungeöffnet. »Einen solchen Heiligen Abend habe ich noch nie erlebt«, seufzte die Mama. »Ohne Papa! Dabei ist es gar nicht Krieg. – Ich werde ihn bitten, die Jägerei sein zu lassen. Auch ohne Jagdprüfung verbiete ich mir solche gottlosen Spezln.«

»Ach Mama, sei doch nicht so!« versuchte Agnes sie zu beruhigen: »Auch Männer haben Wechseljahre und wollen einmal einen trinken!« Sie ist noch nicht vierzehn.

»Wozu haben wir in unserer Krippe den neuen GloriaEngel gekauft? Geschnitzt für 142 Mark?« Sie aßen die Weihnachtsgans ohne Papa und tranken einen alkoholfreien Punsch. Dann wurde auf drei Sendern ohnehin bereits die Christmette gesendet.

»Wenigstens anrufen hätte er können!«

Am Stammtisch wurde es langsam Mitternacht. Der Herr Dr. Juris wollte zur Mette in den Dom, wie ausgemacht. »Jetzt ist es zu spät«, beschied der Herr Präsident. »Jetzt trinken wir noch unseren Punsch zu Ende und dann machen wir uns, wie anständige Mettengeher, auf den Heimweg. Wir sind die alten Bethlehemiten in der Post zu Bethlehem, an die niemand mehr denkt. Aber wir denken an sie. Wenn wir nicht gewesen wären, gäb es weder Krippe, noch Ochs, noch Esel. Freundlichen Umtrunk!«

»Freundlichen Umtrunk!« erwiderten die Kollegin und der Herr Dr. Treiber. »Das ist die schönste Christnacht meines Lebens. Ich fühle mich wie im Himmel!«

Die Stimmung stieg nochmal etwas an, um dann in einem jähen Aufbruch zu enden, denn an den übrigen Tischen wurden die Stühle aufgestellt und das Licht wurde zudem dunkler und dunkler.

»Man will, daß wir aufbrechen. Ohne Mettenwurst. Von der können wir nur noch träumen. Gut. Sagen wir auf Wiedersehen. Und mach dir kein Gewissen, junger Fuchs, die ersten bayerischen Christmetten um Mitternacht hat König Ludwig I. um 1825/26 eingeführt. Die Jägerei aber ist älter. Viel älter. Gute Nacht! Vor der Tür ist ein Taxistand.«

Sie gingen auseinander. Gegen ein Uhr kam der Papa in seinem Hause an. Alles war stockdunkel. Der beschwipste Mann machte Licht, zündete sogar den Christbaum an, der elektrische Kerzen hatte und sang: »Ich bins, der da will ins Schlafzimmer hinein, ist die Tür auch verschlossen, ich will trotzdem hinein.« – Nach längerem Klopfen kam seine Frau endlich heraus. »Besoffenes Wagenscheitel! Schämst du dich denn gar nicht, heut am Heiligen Abend?« – Auch in akademischen Kreisen ist in solchen Situationen die Sprache nicht nobler. »Schau wenigstens dein Geschenk an! – Es tut dem Christkind leid, daß es dir einen Trachtenanzug gekauft hat! – Den grünen Hut nicht vergessen, du Saufaus! – Und den schönen neuen Alleluija-Engel in unserem Kripperl könntes du auch anschauen!«

Da sagte endlich Papa auch ein weihnachtliches Wort: »Geh, Alte, was gehn mich die Engerl an, wenn ich im Himmel bin?« – So hoch hatte er seinen Christnacht-Rausch eingeschätzt.

Von der Eskapade erzählte sich bald die ganze Verwandtschaft und Bekanntschaft. Sogar einige Klienten erfuhren davon. Und hatten noch mehr Zutrauen zu ihrem Anwalt.

Ich war einmal das Christkind

Der Herr verzeih es mir! Aber ich war als kleines Mädchen von vier Jahren einmal das Christkind. Bei einer Theateraufführung der katholischen Mädchen in Gaisbach, einer kleinen Stadt in Niederbayern. Ich ging mit Maria über die Bühne und stellte mich dann zwischen Josef und der Gottesmutter. Und hinter uns wurde ein schweres Kreuz vorbeigetragen. Es handelte sich nicht um ein Passionsspiel. Trotzdem war es ergreifend gewesen. Viele Leute haben geweint. Mein Vater, der Herr Friseurmeister Ingerl war begeistert. »Elfriede, du hast das Zeug zu einer großen Schauspielerin.«

Mit sechzehn durfte ich dann in einem Adventspiel die hl. Maria selber darstellen. Ich sagte die gehorsamen Worte des Englischen Grußes: »Siehe, ich bin eine Magd des Herrn, mir geschehe nach Deinem Worte.«

Aber weil wir einen Damen- und Herrensalon hatten und meine Mutter auch Friseurmeisterin war, wuchs ich in das Geschäft hinein, wie ein Schmetterling in seine Flügel. Und weil ich, nach Vaters Meinung, eine Schönheit bin, schickte er mich in die Landeshauptstadt zu einem Friseurwettbewerb. Wir machten den ersten Preis und mehrere renomierte Salons wollten mich als Gesellin haben. Schließlich blieb ich in München. Mehr auf Wunsch meines Vaters als aus eigenem Antrieb. Und jetzt hab ich die Bescherung. Vor lauter Verehrer und Sponsoren weiß ich mir gar nicht mehr zu helfen.

Dabei bin ich bereits verlobt mit Herrn Benno Seilsdorfer, dem jungen Schlicker-Bräu von Gaisbach. Mein Benno ist die beste Partie weit und breit. Acht eigene Wirtschaften, ein Hotel, zwei Biergärten und eine Ökonomie mit viel Waldbesitz. Die Schwester vom Benno ist schon ausgeheiratet, ihm allein wird bald alles gehören. Und mich will er zu seiner Bräuin machen.

Auch der Achenmüller Hans, ein verwitweter Kunstmühlenbesitzer wirbt um mich. Und ein Rechtspraktikant. Dem Benno hab ich die meisten Hoffnungen gemacht. Auf Weihnachten will er sich verloben. Obwohl wir das schon oft gewesen sind und es heute nicht mehr Mode ist.

Aber, wie soll ich's erzählen? Mittlerweile bin ich bei zwei Werbefilmproduktionen eine begehrte Darstellerin geworden. Ich sitze für Sekunden auf einem Autokühler, für eine andere Sekunde fahr ich auf meinem Rad. Dann wieder wasch ich meine langen blonden Haare. Und dann sieht man meinen Kopf von hinten dreimal vier Sekunden. Und nur einmal zeigt man mich für drei Sekunden en face. Ich spring eine Felsenwand hinunter. Nicht in Wirklichkeit. Das sind alles Trickeinstellungen, die heute am Tisch gemacht werden können. Einmal lag ich auch schon halbnackt im Bett für eine Dessousfirma. Hundert Aufnahmen hab ich gewiß schon hinter mich gebracht.

Das Schlimme ist nur, daß ich fast bei jeder Firma einen sehr großzügigen Sponsor kennen und schätzen gelernt habe. Mit großem Wagen haben sie mich im Studio jeweils abholen lassen. Oder selber abgeholt.

Meist mit Chauffeur. Zwei Herren, Freunde, haben mir sogar eine schöne Eigentumswohnung geschenkt. Der Rest läßt sich denken. Ich bin nicht mehr das unschuldige Mädchen der katholischen Jugend in der Pfarrei St. Martin in Gaisbach. Ich geh nicht mehr mit der Caritasbüchse von Haus zu Haus und bringe das meiste Geld zusammen. Und ich bin auch nicht mehr der Liebling unseres würdigen Herrn Geistlichen Rates.

Komme ich heim, muß ich bei Benno sein. Obwohl der Papa sehr stolz auf mich ist und in seinem Salon über der Kasse einen eigenen Fernsehapparat hat, den er immer pünktlich einschaltet, wenn die Werbung läuft. An manchen Tagen bin ich auf verschiedenen Kanälen gleich sechsmal zu sehen. Papa hält mit der Bedienung der Kundschaft inne und alle müssen mich anschauen. »Das ist meine Elfriede«, sagt er dann stolz.

Ja, das bin ich auch. Aber was bin ich in Wirklichkeit? Ich getrau es mir selber nicht zu sagen. Die Freundin von immer mehr Sponsoren! Man kann schon sagen, ich bin käuflich geworden. Und das »Geschäft« gefällt mir auch noch. Armer Benno, armer Papa! – Niemals werde ich es ihnen sagen.

Einige Herren besuchen mich weiterhin regelmäßig, obwohl ich bei ihnen gar keine Werbung mehr mache. Dann rufen mich auch deren Freunde an. Überwiegend nette Kavaliere. Auch großzügig. Es geht mir gut. Ich fahre ein teures Cabrio. Papa ist sehr stolz. Ich komme doch alle acht Wochen heim.

Dieses Weihnachten will einer meiner Verehrer unbedingt den Heiligen Abend mit mir verbringen. Ich widerspreche. Weihnachten muß ich unbedingt bei meinem Verlobten sein. Er gibt nicht nach. Sagt gar, er sei mein Verlobter. Aber das stimmt nicht. Er ist außerdem sowieso verheiratet. Ich kann mich mühsam losreissen. Man schreibt den 23. Dezember. Ich wollte schon seit dem vierten Adventsonntag in Gaisbach sein. Aber immer wieder kommt ein alter Freund. »Elfriede, ich muß noch einmal mit dir zusammensein, sonst halte ich die Feiertage im Familienkreise nicht aus.«

Und so etwas macht mich geradezu glücklich! Ich bin eine dumme Gans. Ich weiß es. Aber, wenn würdige Herren mir solche Komplimente machen, kann ich nicht anders als sie streicheln und mich sogar küssen lassen. Etc.

Mit Müh und Not also komme ich am 23. Dezember spät nach Hause, d. h. in die Wohnung meines Verlobten. Ich atme auf in Gaisbach. Benno überrascht mich bereits am Vorabend: Er zeigt mir die schön grün und rosa gedruckten Hochzeitsanzeigen: »Elfriede und Benno wollen nicht länger mehr getrennt sein. Sie geben ihre Hochzeit bekannt. Am Dienstag, den dritten Mai des kommenden Jahres. Gaisbach, am Weihnachtstag, den 25. Dezember...«

»Benno!« Ich falle ihm um den Hals. Ich bin wirklich freudig überrascht. Ich werde mein Leben ändern und Bräuin in unserer Stadt werden. Das wollte ich ja seit drei Jahren. Mit 22 bin ich für eine Heirat nicht mehr zu jung.

Papa ist zwar anderer Meinung. Ich soll mit der Hochzeit noch zwei Jahre warten. Ich sei erst richtig ins Geschäft gestiegen. In der Illustrierten »Die Frisur« hätte er eben vorgestern mich ziemlich unbekleidet entdeckt. Aber mit der schönsten Frisur des Landes. D. h. mit meinen angeborenen langen Haaren. Dafür müßte ich mindestens 2000 Mark kassiert haben. Ich sagte stolz: »O nein, Papa, das Doppelte.« Da war seine Freude noch größer. Ich will mir im kommenden Jahr eine zweite Eigentumswohnung kaufen. Das hat mir einer meiner Verehrer, ein Bankdirektor, bei dem ich jetzt mein Konto hab, dringend empfohlen. Ich solle mein Geld nur in Eigentumswohnungen anlegen. Freilich, dem Finanzamt gegenüber müßte ich mich dann sehr in acht nehmen.

Der heilige Abend daheim war schön. Mama verlas heuer unterm Christbaum das Evangelium. Sie, die sonst immer so schweigsam ist, las vortrefflich vor. Wenn ich ein schauspielerisches Talent habe, dann verdanke ich das der Mama. Mögen die Leute reden was sie wollen, Mama ist, trotz ihres Engagements im Fasching, eine prima Mutter.

Am ersten und zweiten Feiertag waren sie bei Benno eingeladen. Wir sprachen natürlich von der Hochzeit, trotz der Einwendungen von Papa. Am »Unschuldigen Kindertag« machten Benno und ich einen Skiausflug. Wir haben ja eine gute Langlaufpiste in der Nähe. Am 29. war ein schwarzer Tag für mich. Gegen Mittag fuhr ein großer italienischer Rennwagen vor Vaters Haus in der »Unteren Hauptstraße«. Der vornehme Mann war sehr aufgebracht über mein Nichterscheinen gestern im »Club Rosee«. Ich habe leichtsinnig vor etwa sechs Wochen einen

Vertrag unterzeichnet, daß ich jede Woche dienstags in dem »Club Rosee« mich aufhalte und »arbeite«. Er zeigte den von mir unterschriebenen Vertrag meinen Eltern. Vater sagte, ich sei mit meinem Verlobten, dem Herrn Brauereibesitzer, weggefahren. Mutter besah sich das Papier genau und fragte, was das für ein Club denn sei. »Was für ein Club schon? Ein Club halt und mein Club«, gab der fremde Herr ziemlich selbstbewußt zurück. Die Herren verlangten mich! Jeder fehlende Tag koste 5000 Mark Strafe. Ob ich denn das nicht erzählt habe? – Die Unterhaltung war nicht zu leise geführt. Zwei Kundinnen saßen im Geschäft. Die Geschichte von dem mysteriösen Club ging in Windeseile durch unsere kleine Stadt. Die Leute steckten die Köpfe zusammen und sagten: *»Der Apfel fällt nicht weit vom Stamm!«* Sie meinten meine arme Mutter, die früher auch einmal zwei Jahre lang in der Großstadt als Friseurgehilfin gearbeitet hat.

Natürlich erfuhr es bald auch mein Benno und der Herr Geistliche Rat. Der Herr Pfarrer wies mir nur seinen drohenden Zeigefinger und meinte: »Eine Sünderin also bist du geworden? – Und bist einmal eine so schöne Jungfrau Maria gewesen!«

»Ich werde zum Christkind beten, daß doch noch

alles gut wird in meinem Leben«, antwortete ich dem Geistlichen Rat.

Benno reagierte ganz anders. Das ist doch alles Lüge! Das haben alles die Neidhammeln der Elfriede erfunden. Eine Schmutzkampagne gegen meine Braut! Aus Neid, weil sie in so vielen Werbefilmen zu bewundern ist. Ein ehemaliger sehr bekannter Moderator und tv-Kommentator hat bei uns heuer seinen Urlaub verbracht. Mit ihm hab ich mich manchmal unterhalten. Der Herr hat gesagt: »Der Kampf um den Bildschirm wird mit dem Maschinengewehr ausgetragen. Manchmal sogar mit der Atombombe.« – So verbittert hat der Mann gesprochen. Und er war selber Jahre über jeden Samstag zu sehen gewesen. – Ich werde dem Club-Manager die fünftausend Mark anbieten, zur Polizei gehen und die Elfriede schon im Februar heiraten.«

So ist es schließlich auch geschehen. Ich habe in München nur noch drei Wochen gewohnt und mich von allen Sponsoren mit den Worten verabschiedet: »Das letztemal mein Herr, denn ich heirate noch in diesen Monat!« Nur noch drei Werbeaufnahmen haben sie mir machen lassen. – Dann war ich die schönste Braut, die es in Gaisbach seit der Hochzeit meiner Mutter gegeben hat. Und Benno ist ein sehr lieber Mann. Vielleicht kann ich ihm schon auf Weihnachten einen kleinen Bräu schenken?

Wenn man einmal bei einem Adventspiel die hl. Jungfrau Maria hat darstellen dürfen, kann man im Leben nicht mehr unglücklich werden.

Bethlehemitische Szenen

»*Transeamus usque Bethlehem*,« sagten sich die Hirten, laßt uns nach Bethlehem gehen. Sie gingen eilends dahin und fanden Maria und Josef und das Kind, das in einer Krippe lag.«

Was haben die Maler daraus nicht alles gemacht? Martin Schongauer und Albrecht Dürer, Albrecht Altdorfer und die anderen Nürnberger Meister. Ochs und Esel fehlt bei keinem Krippenbild. Sie strecken die Hälse und hauchen das nackte Kindlein an. Maria, die reine Magd, kniet davor. Überm Stalldach schwebt ein Engelchor und von den Feldern weit hinten eilen die Hirten herbei. Andere Meister wieder zeigen den Stall als Ziegelbau am Rande der Stadt Bethlehem. Mit den Hirten eilen neugierige Nachbarn herbei. Dann wieder fehlen die beiden Tiere. Einen Schritt dahinter der alte Hirt. Dort bringen die armen Hirten ihre Gaben: Butter, Käse und Milch. Und sie werden immer mehr. Transeamus usque Bethlehem! Man hört sie direkt herbeisingen.

Die Krippen werden immer größer, die Figuren immer mehr. Denn, so sagten sich die Kripperlbauer: Alles muß mitwirken in der Vorstadt von Bethlehem: Die neugierigen Nachbarinnen und die lärmenden Gassenkinder, die benachbarten Handwerker, die Schreiner und Metzger, die verschlafenen Gastwirte gar, die gestern so bös gewesen sind. Und dort hinten sieht man bereits die Heiligen Drei Könige daherziehen. Das Christkind hat ja die ganze Welt erlöst.

Es gibt berühmte Krippensammlungen. Z. B. die im Bayerischen Nationalmuseum. Aber auch schöne Kripperl haben wir. Eine der herzlichsten und immerwährenden am großmächtig breiten Hochaltar finden wir in der Wallfahrtskirche Sammarei bei Ortenburg im Rottal. Diese Krippe, die einen Teil des Hochaltares ausmacht, ist das ganze Kirchenjahr über ausgestellt. Maria sitzt, das Kindl betreuend, vor der Krippe. Das kleine Jesulein hat schon Ansätze von einem Heiligenschein. Josef steht dahinter und hat seinen Hut gezogen. Die zwei lustigen Hirten im Stall tragen ihre Hirtenstäbe als wären es Holzinstrumente. Sie machen dem kleinen Herrgott ihre Aufwartung. Herrlich geschnitzte Loder sind das, die grad dabei sind vielleicht ihre Hüte zu ziehen. Der Ochs dahinter ist gehörig weiter entfernt und vom Eselein sieht man fast nichts mehr. Aber durch den weitgeöffneten Stalltür-Bogen leuchtet der goldene Himmelsengel herein. Man glaubt seine Worte zu hören: Und Friede den Menschen auf Erden, die guten Willens sind.

Von denen, die in der Weihnachtszeit ausgestellt sind, können wir aufwendige Barockkrippen in den Klöstern besuchen, z. B. in Andechs und Schäftlarn. Die Größte und Schönste erreichen wir über dem Bayerischen Meer, auf der Fraueninsel im Chiemsee. Hinterm Altar links, in der ersten Seitenkapelle, der Maria Mitleidkapelle. Diese vielfältige Pracht der göttlichen Weihnacht muß man gesehen haben und muß man herzeigen.

Die wichtigste Figur vom ganzen Kripplein bleibt das kleine Christkindl in der Wiegen, in der Krippe am Altar. Das ist immer wundertätig. Anerkannt wundertätige Jesulein lächeln uns in Kloster Reutberg bei Bad Tölz entgegen. Das Reutberger Jesulein stammt wirklich aus Bethlehem. 100 Jahre lag es an der Stelle, wo der Herr geboren worden ist. 1742 brachte es der Franziskanerpater Nicephorus Vischer zu den Reutberger Schwestern. In der Christnacht wird es vom Schwesternchor feierlich in die Kirche gertragen und in eine Krippe vor dem rechten Seitenaltar gelegt. Im Schwesternchor das Jahr über trägt es kostbare, schwerbestickte Kleider – nach den Farben des Kirchenjahres – ist gekrönt, hält in der einen Hand die Weltkugel und in der anderen das Kreuz. Zu Pfingsten, zu Portiunkula und zur Kirchweih wird der kleine König von den Betern auch am Seitenaltar verehrt.

Das »Bittrich-Kindl« – ein Flüchtling aus dem aufgehobenen Münchner Bittrich-Kloster – steht bis zum Heiligdreikönigstag auf dem Hochaltar. Und an der Pforte kann man das Christkindl – aus Wachs geformt – als Fatschenkindl erwerben. So ist das Loretoklösterl zu Reutberg bei Bad Tölz ein wirkliches Christkindlkloster. Der Reutberger kleine Gottkönig hat schon viele Gebete erhört. Wegen kranker Kinder und um Kindersegen gehen die Leut nach Reutberg. Am liebsten zur Weihnachtszeit.

O Christkindl ohne Geld
O Heiland der Welt!
Wie arm – und doch die Hoffnung.

Die Dominikanerinnen zu Altenhohenau am Inn, nicht weit weg von Wasserburg, haben auch zwei wundertätige Jesulein. Im Seitenaltar auf der Epistelseite ein Prager Jesulein, nach den Visionen der hl. Theresia von Avila und wohl auch der von Lisieux, die zu Alencon geboren wurde und bereits mit 15 Jahren Karmelitin wurde und mit 24 Jahren im Kloster Lisieux 1897 verstorben ist. Das Prager Jesulein ist natürlich viel älter und ist mit der Spanierin Theresia von Avila in Verbindung zu bringen. Eine spanische Prinzessin hat dieses Jesulein nach Prag gebracht, wo es dann immer mehr verehrt worden ist. Schließlich in der ganzen katholischen Christenheit. Viele Repliken dieses göttlichen Kindes aus Prag verehrt man in der ganzen Welt. Z. B. auch in Waldsassen. Interessant mag sein, daß die kommunistischen Machthaber dem Jesulein das Szepter genommen haben. 1980 hat es ihn wieder bekommen.

Das Altenauer Jesuskind wurde an vielen Gnadenstätten im hl. Land »berührt«. Und es hat deshalb eine besondere Segenskraft. – Dazu kommt, daß die

Altenhohenauer Dominikanerinnen noch ein zweites Jesulein haben, das »Columba Waigl Jesulein«. Schwester Columba Waigl, eine bayerische Mystikerin und begabt mit der Gabe der Vorausschau, hat diese Jesuleinfigur besonders verehrt. In den Wirren der Säkularisation verschwand es und tauchte dann im Kapuzinerkloster in München wieder auf. 1925, im Jahr der Heiligsprechung der Theresia von Lisieux, brachte Kardinal Faulhaber die kostbare und wundertätige Figur wieder zu den Dominikanerinnen nach Altenhohenau, die übrigens nicht der süddeutschen Ordensprovinz angehören sondern der amerikanischen von Kalifornien. Man bekommt in Altenhohenau einen Respekt von der Internationalität unserer Kirche – und von der Verehrung des kleinen göttlichen »Statthalters«, vom Christkindl in der Krippe.

Die hl. Szenen der Menschwerdung unseres Gottes sind von unseren Künstlern, von den Malern und Bildschnitzern tausendmal verwirklicht worden. Und drückt jedes Bild die größte Frömmigkeit aus. Gehen Sie nur nach Weyarn in die ehemalige Stiftskirche der Augustiner-Chorherrn! Was da Ignaz Günther, unser liebenswürdigster und bedeutendster Schnitzer für eine fromme, fröhliche Wirklichkeit gesehen hat! Die Verkündigungsszene mit dem

Erzengel Gabriel ist die Aufregendste. Gewaltig die Pose des Engels: Ave Maria, gratia plena! Wie bescheiden und doch heilsbewußt der Jungfrau Maria: Fiat mihi secundum verbum tuum. Mit dieser intimen Donnerszene hat die weihnachtliche Freude ihren Anfang genommen. In jedem Rorateamt wird das vertraute Evangelium gesungen: »*In illo tempore missus es Angelus Gabriel...*«

Von theologischer Tiefe »Maria Immaculata.« Auch von Ignaz Günther. Maria zertritt der Schlange das Haupt. Dabei hält sie das Christkind geborgen in ihren Armen. Aber dieses kleine göttliche Kindl führt in ihren Händchen die Lanze und stößt die Schlange tot. Ein so aktives Christkindl findet man in unseren Kirchen nicht wieder.

Gewaltig schön sind die Bilder aller Altartafeln des einstigen Benediktiner-Klosters Asbach in der Nähe von Bad Griesbach, (die Leut sagen Oschba´). Weil sie von einem einzigen Maler gemalt sind. Das finden Sie in keiner der großen Abteikirchen. Und am schönsten und fröhlichsten ist dem »Kremser Schmidt« (1717 - 1801) die Himmelskönigin gelungen. Weißblau mit Krone und Szepter, von anbetenden Engeln umgeben, das Chriskind auf dem

Schoß. Und dieses Christkind lächelt ein fröhliches Babyschmunzeln, die Hände ausgebreitet, als möchte es uns gleich alle segnen. Schon dieses Christkindllächeln ist eine Reise nach Asbach wert.

Oder wollen Sie den Dreikönigsaltar in Vilshofen sehen? Das Altarbild des linken Seitenaltars? Die überaus schöne, junge und stolze Maria hebt das leichte zudeckende Tuch über ihr Kind und zeigt es nackt den anbetenden Königen. Darüber drängen sich neugierige Buben zwischen den Säulen und Engelsköpf. Bunt, fröhlich, farbenprächtig! »Vergleichbar mit den Altarbildern Tiepolos in Würzburg«, schreibt Professor Schindler. Die Vilshofener Altäre standen ja vor der Säkularisation in der großen Stiftskirche Sankt Nikola in Passau.

Das Christkindl, das die junge Maria ihrer Mutter Anna zeigt, erwägt schon andere Dimensionen. Wir finden solch fromme Kombinationen in Annakirchen, z. B. in der romantisch gelegenen St. Anna-Wallfahrtskirche in Harlaching. Gleich über dem Tierpark. Auf dem Altar das spätgotische Gnadenbild der hl. Anna-Selbdritt: Die Mutter Anna sitzt auf einer Bank. Mit weißem Nonnenschleier, ist aber gekrönt und mit den großen Strahlen des Heiles umgeben. Sie hält das Jesuskind auf dem Schoß, auf ihrem linken Knie. Maria kniet auf der rechten Seite und lockt das Kind zu sich herüber. Eine schöne, herzliche und verborgene Szene im Hochaltar der Harlachinger St. Anna-Wallfahrtskirche. Des Aufzählens wäre kein Ende. Das Christkindl ist und bleibt das Wichtigste unserer Religion. Das Leiden ist noch weit weg. Auch Jesus hatte eine schöne Kindheit. Gottes Sohn ohne Kreuz. Hier und da mit einem Spielzeug-Kreuz.

In Laufen, in der ehrwürdigen alten Stiftskirche, sehen wir hinten, an der Rückwand, gar ein Grabmonument mit einer sehr schönen und tröstenden Weihnachtsmadonna samt Christkind auf den Knien. Schon ganz im Himmel kniet Marx von Nußdorf, ein Ritter ohne Helm und Schwert, mit langem, lockigem Haar, die Hände gefaltet, vor der glückstrahlenden jungen und schönen Mutter Jesu. Ihm neigt sie sich zu und ergreift seine betenden Hände. »Ja, ja, versichert sie ihm, du darfst schon herein.«

Und diese Maria auf dem Grabstein ist eine gekrönte Himmelskönigin mit langem Haar unter der Krone sogar prächtig hervorwallend! Sie trägt natürlich faltenreiche Gewänder. Sie hält auf dem anderen Knie ein heiteres Christkind, das sich der Hausfrau des Nußdorfer Ritters zuwendet, der Sponela von Seben. Die Händchen des göttlichen Kindes berühren die betenden Hände der Frau Sponela. – Nicht zufällig wurde in der Laufener Pfarrei das »Stille Nacht, Heilige Nacht« gedichtet und komponiert. So stirbt es sich leicht. So holt einem das Christkindl. »Meine Hilf ist die Mutter Gottes«, steht auf den Spruchbändern. Wer diesen Laufener Grabstein ein paar Minuten anschaut, dem wird die Todesangst genommen.

Weihnachten im Sommer

Wenn wir alle Weihnachtsgeschichten aufzählen, kaum eine handelt über den Hl. Josef. In unserem berühmtesten Christnachtslied kommt der »Nähr- und Pflegevater« auch nicht vor. »Ich kenne überhaupt kein Josefslied«, sagte mein Freund, der große Kirchenkomponist und Augsburger Orgelvirtuose Arthur Piechler. »Paß auf, jetzt mitten im Sommer, komponier ich eins und dichte auch selber den Text dazu: »St. Josef, du treuer Gottesknecht!«

In seinem Mutterhaus in Landau an der Isar, lebte und komponierte er die letzten fünfzehn Jahre seines Lebens. Nach dem frühen Tod seines Vaters, eines

Wagnertenors, gebürtig als Seifensiedersohn in Plattling, kaufte seine Mutter, eine geborene Frau Tannenbaum aus Frankfurt, das erste Tuch- und Schnittwarengeschäft in der niederbayerischen Kreisstadt Landau.

Und genau dieses Mutterhaus konnte Arthur Piechler nach seiner Pensionierung zurückerwerben. Die Geschwister hatten es nämlich nach dem Tode der Mutter verkauft. Freilich bezog er nur das Wohngebäude, die Stadtvilla am Berg.

Arthur Piechler war der bedeutendste Kirchenkomponist nach dem Krieg. Bei seinem Umzug durfte ich ihn für die Münchner Abendschau interviewen. Wir sind sofort Freunde geworden. Er hat für das Bayerische Fernsehen sein Oratorium »Lobet den Herrn« geschrieben, mit Knabenchor, Posaunen, Pauke und Orgel. Eigens für den Benediktustag 1964 in seinem Studienkloster Metten. Die »Liebfrauenmesse« dann für Kloster Ettal. Aber auch das lustige »Dackellied«. Ich nannte ihn den niederbayerischen Beethoven!

Ich habe auch seine »Ulrichsmesse« und seine »Weihnacht« in Ausschnitten im Fernsehen bringen dürfen. Wenn ich in die Nähe Landau's gekommen bin, hab ich bei Herrn Professor Arthur Piechler vorbeigeschaut: »Ja so was? Heut ist wieder ein »dies festus!« Rosl, koch an Kaffee!«

Nur an jenem heißen Junitag 1968 nicht. Er saß an seinem Flügel und stöhnte. »Bei der Hitz soll ich a Weihnachtslied schreiben! Noch dazu über den Heiligen Josef. Dös hab ich mir ernsthaft vorgenommen. Weil der heilige Zimmermann allerweil zu kurz kommt. Aber mitten im Sommer tut man sich da halt schwer. Den Anfang hab ich schon.«

Er spielte mir ein paar Takte vor und sang dazu mit kräftiger Stimme: »Sankt Josef, du treuer Gottesknecht, wie kennt die große Welt dich schlecht! – Wie geht´s weiter? Jetzt müßt der Gnadenstrahl kommen, der ihn trotzdem getroffen hat. Was reimt sich denn auf Gnadenstrahl? Du bist ein Dichter, hilf mir!«

Ich war überfordert und sagte: »Hundertmal.«

»Hundertmal? Für den bescheidenen Josef ist hundert keine Zahl. Hast nix anders?

Ich setzte mich aufs Kanapee und dichtete: »Du

warst kein General und doch traf dich der Gnadenstrahl.«

»Net schlecht«, meinte Arthur, »aber zu mager. Jeder Vers muß vier Füß haben. Dein General hat bloß zwei.«

Das konnte ich leicht reparieren: »Du warst kein Minister, kein General und doch traf dich der Gnadenstrahl.«

»Das ist großartig! Die Musik dazu hab ich auch schon.« Er griff in die Tasten und sang dazu den Vers vom heiligen Josef, der kein Minister und kein General war und dennoch der heilige Josef geworden ist, vom Gnadenstrahl getroffen.

Dann verzog er doch das Gesicht und räsonierte: »Der Minister gefällt mir net. Ich hab zwar gegen den General nix, aber St. Josef ein Minister? Nein. Warum so weltlich bescheiden? Du schwärmst doch für König Ludwig, also schreiben wir gleich: Du warst nicht König, nicht General und dennoch traf dich der Gnadenstrahl!« Dazu entlockte er seinem großen Flügel eine marschmäßige Melodie, gefällig und leicht weihnachtlich gar und auf den Gnadenstrahl zusteuernd.

»Aber wie machen wir jetzt weiter?« Ich dichtete leichtsinnig und boshaft: »Du weißt nicht, wer dich zum Vater gemacht, die Welt hat dich darum oft ausgelacht.«

»Spotte nicht mit den Christenheiden! Ich habe meiner Lebtag nie einen blasphemischen Text vertont. Das hab ich immer den sogenannten Großen überlassen. Der heilige Josef ist aber ein bescheidener Mensch gewesen. Auch vor den Hoteliers in Bethlehem! Er, der Pflegevater des Allerhöchsten, hat niemals groß getan!« Dabei kadenzierte er zu einem noch unbekannten Text.

Endlich fiel mir wieder was ein: »Wären die Großen so groß wie du, wir hätten vor Krieg und Unheil Ruh! Kehr aus den Hochmut und den Streit, schenk uns deine Bescheidenheit!« Ich wußte, daß er Halbjude, im Dritten Reich arg verfolgt worden war und auch als Kirchenkomponist nicht mehr veröffentlichen durfte. Und nach dem Krieg kamen die Atonalen, die er doch auch meistens abgelehnt hat. »Atonal? Dös komponier ich ja, wenn ich besoffen bin!« Er war mit den Bescheidenheitsversen für den heiligen Nähr- und Ziehvater Jesu einverstanden und hatte auch gleich den gesamten Text komponiert.

Gegen Ende aber zögerte er. »Den letzten Vers machen wir um gut eine Hebung länger und schreiben molto ritardando drüber. »Schenk uns ein wenig von deiner Bescheidenheit! – Hören dafür aber in D-Dur auf.«

Wir waren fertig und die Rosl servierte uns Kaffee und Limonade. »Lieber tränken wir ja eine Maß Bier heut. Aber wegen der Bescheidenheit des heiligen Josef bleiben wir bei der Limonade!« Einstweilen hatte er es auf der Leber. 1974 ist er mit 78 Jahren verstorben.

Dies Josefslied steht in Arthur Piechlers »Weihnacht«, erschienen bei Böhm und Sohn in Augsburg. Und kommt gleich nach dem Sopransolo »Maria und Josef«, wo es am Schluß heißt: »Maria hilf, führ uns empor bis an das goldne Himmelstor!« Und der Sprecher dann sagt: »Josef war besorgt um Maria und ihr göttliches Kind und beschützte beide vor dieser kalten Welt.«

Der Herr Sanitätsrat

Vielleicht war er wirklich ein Sanitätsrat? Oder doch nur ein armer Sonderling?

Denn Anfang der dreißiger Jahre des 20. Jahrhunderts konnte man sie noch auf allen abgelegenen Straßen und Wegen dahinmarschieren sehen, die fleißigen Vagabunden, gelegentlichen Körbelzäuner, Besenbinder, Feilenhauer, Flickschuster, Kraxenkrämer, Hausierer, Zuckerweibeln, Federnschleißer und die direkten Bettelleut. Es waren originelle Charaktere darunter, wahre Philosophen und freiwillige Heilige, moderne Diogenesgestalten und arme Teufel, obdachlose Verrückte und ausgestoßene

Krüppel. In den einsamen Bauernwirtshäusern kehrten sie ein und vertranken ihre Fechtpfennige. Und doch hatten sie, die professions- und obdachlosen Vagabunden, ihre festen Plätze und Standquartiere. In jeder Pfarrei gaben sie regelmäßig einem Einödhof die Ehre. Und gegenseitig gingen sie sich selten ins Gäu.

Blieben sie im Sommer oft nur etliche Tage, konnte sich die Einquartierung im Winter über zwei, drei Wochen erstrecken. Und jeder bevorzugte seine spezielle Liegestatt. Der »hupferte Körbelzäuner-Girgl« liebte es, im Schweinestall zu schlafen, aber im Roßstall zu arbeiten. Er flocht in Stundenschnelle die besten Futterschwingeln. Der »lang Hans« logierte sich auch im Winter auf der Heuobern ein und arbeitete untertags gelegentlich fünf Minuten lang als Messerwetzer. Der »Taubenlucki», von Beruf gewesener Schaukelbursche, durfte aus sittlichen Gründen nicht in den Kuhstall. Er nächtigte im Roßstallgang. Der *»toagige Schneider«*, ein Krückenmann und von äußerster Hinfälligkeit, wurde von der Schweizerin im Kuhstall gebührend verwöhnt. Er saß dann untertags in der Stube hinterm Ofen neben dem Großvater und knetete aus weichem Brot zahlreiche Rehe, Hunde und Hasen. Die Zuckergretl, die in ihrer Jugend tatsächlich Zuckerhüte verkauft haben soll, ging als Federnschleißerin und Quadratsratschn von Hof zu Hof und durfte meistens im Haus in der Menscherkammer nächtigen.

Eine der merkwürdigsten Gestalten dieser an Originalen noch reichen armen Zeit, das war der »Heiligdreikini«, im Sommer auch »Herr Sanitätsrat« geheißen. Er war der Profession nach ein Einmannbänkelsänger. Den Sanitätsratstitel besaß er nur wegen seiner Rotkreuzarmbinde, die er noch vom Ersten Weltkrieg her am rechten Arm trug. Die Binde war natürlich längst nicht mehr weiß und von einem roten Kreuz war lange nichts mehr zu sehen. Der Sanitätsrat war überzeugt, daß ihm mit der Binde nichts passieren könne, »denn alle Kombattanten haben die Genfer Konvention unterschrieben.«

Dieser Friedensheld trug sich ziemlich militärisch. Seine Beine steckten in Wickelgamaschen, seine Mütze konnte ein französisches Offizierskäppi gewesen sein und sein Mantel jedenfalls war ein alter Militärmantel. Da der Mensch einen Beruf brauche, um seinen Lebensunterhalt zu verdienen, nannte er sich einen »friedfertigen Sänger«. Er verfügte allerdings nur über ein Repertoire von zwei Nummern. Das normale Kirchenjahr über sang er das Te Deum laudamus. Im

Winter aber ging er als Heiligdreikönig und intonierte schon am ersten Adventsonntag sein flottes »Die Heilig Drei König sind hoch geborn, sie reiten daher mit Stiefel und Sporn. Sie reiten vor den König Herodes Haus, der Herodes schaugt eben zum Fenster heraus...«

Sein kräftiger Baß tönte durch den ganzen Hausflötz, in die Stube hinein, in die Kammern, ja sogar in den Roßstall hinaus. Er stand mutterseelenallein im Rahmen der Haustür und hielt sein grauweißes Sacktuch in die Höhe. Damit schlug er leicht den Takt. Aber eigentlich bedeutete es den Stern von Bethlehem. Seine Stimme klang voll wie eine Orgel. Er hatte sich nicht von ungefähr den Beruf eines Sängers ausgesucht. Es ging einem besonders die rythmische Stelle von dem König Herodes, der eben zum Fenster herausschaut, durch Mark und Bein. Und es machte gar nichts, daß man erst den Nikolaustag schrieb. »Ja, meine lieben Leut, i muaß bereits am 1. Dezember anfangen mit meinem Dreikiniliadl, sonst komm i ja kaum bis auf Dingolfing damit und es is Aschermittwoch. I möchte aber bis auf Straubing kemma damit.«

Der Heiligdreikini oder der Herr Sanitätsrat war unter allen vagabundierenden Handwerksburschen die markanteste und beliebteste Erscheinung. Er konnte überall auf Zweiringe oder gar Fünferl hoffen. Und sang er um eine Essens- oder Brotzeitzeit, durfte er selbstverständlich mithalten. Man konnte mit ihm allerdings nur über seinen Sängerberuf reden, über Leute, die an seinem Gesang eine besondere Freude hätten, über den Wirt von Sterneck z. B., der auch im Hochsommer zum »Großen Gott wir loben Dich« immer auch noch den König Herodes dazusingen ließe. War der Sanitätsrat betrunken, was selbstverständlich gelegentlich vorkam, sang er weder den Heiligdreikini noch das Te Deum, sondern schrie in ungeheuerer Lautstärke die Responsorien der Präfation. Und das bis zur Erschöpfung. »Per omnia saecula saeculo-orum! A-men! – Dominus vobiscum... Su-su-hursum co-o-horda-a!« Für dieses Hochlied kassierte er aber niemals ein Honorar, bestenfalls die samaritanische Hilfe des Hausknechtes, der den Herrn Sanitätsrat in seinem Zustande auf die Streu im Schweinestall bettete oder auch in einen gerade leerstehenden Schweinekoben legte, denn die Pferde und die Kühe hätten sich nur geschreckt an dem lateinischen Gesang. Den anderen Morgen war der Dreikini dann immer schon um fünf Uhr in der Früh dahin.

Kein einzigesmal hab' ich ihn am Dreikönigstag

singen hören, immer schon um Nikolo. In der Dreikönigswoche sänge er bereits in der Gegend von Pfarrkirchen, hieß es. »Mei, habns die Pfarrkirchner schön, die derfan an Dreikini aa wirkli auf Dreikini hörn«, seufzte die alte Schwimmerin von Schwimm. So berühmt war der Herr Sanitätsrat, und er gehörte zum Advent wie der Vorläufer des Herrn, der Johann Baptist. Er war ein Vorläufer der Weisen aus dem Morgenland.

Nur für ein einziges Gesprächsthema war er, außer für seine beiden Gesangsnummern, noch zu haben: Für die Konvention von Genf und ganz besonders für den Segen des Roten Kreuzes. Er empfahl allen Bauern und Bäuerinnen, jahraus, jahrein eine Rotkreuzarmbinde zu tragen und zwar am rechten Arm. Damit würde im Kriegsfalle jeder Todesfall unmöglich werden. Mit einem Wort: Die liebe und praktische Verrücktheit des Heiligdreikini, sein theologischer Charakter, seine altbayerische Baßstimme und seine Unbeirrbarkeit über Jahre hinweg, ergeben allein schon die ganze Geschichte. Es bleibt nur noch nachzutragen, daß er im September 1937 beim Wirt in Hinterköllnbach von der Landgendarmerie verhaftet wurde, auf verhältnismäßig raschem Behördenweg einer Landesirrenanstalt überstellt war und im Zuge der Aufhebung derselben den echten Heiligen Drei Königen im Himmel anvertraut werden konnte. Es bleibt der Phantasie aller Heiligdreikönigverehrer im Advent überlassen, sich auszumalen, wann und wo und unter welchen Umständen der Herr Sanitätsrat zum letztenmal sein Te Deum angestimmt hat und ob man ihn dann auch noch den König Herodes hat singen lassen, der da eben zum Fenster herausgeschaut haben soll. Seine Rotkreuzarmbinde hatte man ihm jedenfalls schon vorher abgenommen.

Einwendig lustig

Auf den Volksfesten ist es lustig und lustig macht durstig. Zwischen den Verkaufsbuden und Fahrgeschäften kann man leicht mit Einem anbandeln. »Dirndl, geh her zu mir, bei mir geht´s dir guat!« So eine Bekanntschaft hält machmal bis in die Faschingstage hinein. Im Urlaub läuft dir auch immer einer nach, den du dann bis Weihnachten nicht mehr los bringst. Aber Urlaub, Fasching und Oktoberfest ist nichts gegen die frohe Intimität auf den Christkindlmärkten.

An die Nürnbergerin, die ich einmal am Bratwurststand kennen gelernt habe, denke ich heute noch. Rauschgoldengerl und Christbaumkugeln,

Krippenfiguren und »Früchtebrot«. Glühwein und »Stille Nacht-Lieder«, obwohl es erst Mittag ist, verdrehen dir das Herz. »Gell, die Wurst schmeckt Ihnen auch! Kein Wunder, mit Ihren schönen Haaren sind Sie ja das reinste Christkindl!«

Im Stand daneben liegen sie der Reihe nach da: Die Fatschenkinder, die nackten Wiegen-Jesulein und die schon größeren kleinen Gottheiten! – »Möchten´s net auch einmal selber so ein Kindlein haben? Sie wären mir, das spür ich auf den ersten Blick, ein perfektes Mütterlein!« Anblödeleien gibt es viel. Sie alle haben das gleiche Ziel: Lach mich an, schenk mir ein kurzes Lächeln, geh nicht stumm weiter, schüttle wenigstens den Kopf!

Du läßt dich von ihm zu einem zweiten Glühwein einladen. Er ist dir gar nicht mehr so sehr zuwider. Auf der aufgeschlagenen Bühne musizieren mit ihren Blockflöten kleine, Hirtenkinder. Sie blasen das schwierige, aus Schlesien stammende Weihnachtslied: Transeamus usque Bethlehem! Laßt uns nach Bethlehem hinübergehen! Jetzt ist es Zeit, daß du sie bei der Hand nimmst und zu dieser Christkindlbühne hinführst. Das Gedränge wird enger. Du kannst ihr tief in die Augen sehen. Nach der dritten

Strophe kommt ein Ponnygefährt vorgefahren, hält an und ein Weihnachtsmann kommt auf die Bühne und sagt in das von einem Engel hingehaltene Mikrophon: »Weihnachten ist das Fest der Liebe... Also liebet einander fleißig! Ich spende Euch allen auch von dieser Liebe und teile Plätzchen aus – bestens gebacken von der Konditorei Brandlhuber!«

Er wirft Plätzchen unters Volk. Auch wir erhaschen zwei Stück und fangen an gemeinsam glücklich zu werden. Die Glocken beginnen auf einmal zu läuten. Dazu hören wir ein Klingelingeling ringsum. Das sind die Schellengurte der Pferde, die einen prächtigen Schlitten ziehen, auf dem mit vielen Englein das Christkind steht. Ein Christkind mit goldenen Haaren! Alle Leut sind seelisch begeistert. Englein und Christkindl verzaubern jedes Herz.

Ich beobachte einen griesgrämigen Single, der die Hände immer in der Manteltasche hat. Er lächelt nun auch und klatscht Beifall. Da klatschen alle. Obwohl das Klatschen bei uns früher nicht der Brauch gewesen ist. Scheinbar hat jeder schon mehrere Fernseh-Revuen gesehen oder als Studio-Gast das Geklatsche einstudiert bekommen.

Schöneres gibt's in unseren Tagen nicht, als die Auffahrt des Christkindes gegen Abend auf einem Christkindlmarkt. »Dagegen ist ein Short drink im Shopping-Center völlig hormonlos« meint mein Christkindlmarkt-Engel. Andere Mädchen ihres Alters sagen auch bei der Christkindlauffahrt »geil.« Das hat sie nicht gesagt. Sie ist älter und hat die Mittlere Reife und ist anmutig zurückhaltend. Und doch erstehen wir nochmal zwei Glühweine und essen etwas Früchtebrot. Es riecht nach Zimt und Heimlichkeit.

Immer wieder klingeln die kleinen gläsernen Glöckchen in den Christbaumschmuckständen. Wir unterdrücken keine Sehnsüchte in uns. Wir gehen ihnen nach. Ich führe sie durch die Reihen der Stände. Auf dem großen Podium spricht das Christkind von einer fröhlichen Weihnacht für alle. Darauf singen, als Hirten verkleidete Männer, ein *»Gloria in excelsis Deo!«* Ich küsse sie mitten vor einem Kripperlstand. Das Christkindl erneuert seine Liebe. Sie läßt es geschehen und erwidert den Kuß mit Anmut. Ich spüre ein Glücklichsein in mir aufsteigen.

»Wenn es ganz dunkel ist, frage ich dich etwas«, sage ich geheimnisvoll. Sie lächelt mich an. Sie wird es sich schon denken. An einem preiswerten Schmuckstand kaufe ich ihr einen Engel als Brosche. Kein Ringlein, obwohl es auch solche gegeben hätte: Freundschaftsringe.

Keine Bratwurst mehr, uns hungert nach anderem. Nach Leberkäs und Ei? Wird nur in der dicht neben dem Weihnachtsmarkt stehenden Wirtschaft serviert. Wir sparen uns das Geld und gehen zu meiner U-Bahn. Es ist zufällig auch die ihre. Aber wo steigen wir aus? Bei meiner oder bei ihrer Station? Die Worte stecken uns im Hals. Ich summe: »Weihnachten wird es nun bald!«

Als die Bahn wieder weiter fährt, sagt sie: »Das wär meine Station gewesen.« »Wir dürfen«, denkt sie sich, »wir waren auf dem Christkindlmarkt.«

Die Tage vor dem Heiligen Abend

Wir warten auf die Geburt des Himmlischen Kindes. Wolken, regnet ihn herab! »Wie halt grad das Wetter ist«, meint der Greimelhuber: »Regnet oder schneit ihn herab!« Die Nächte sind oft hart. Du kannst nicht schlafen. Wann endlich wird's Tag?

Es verheißen die Propheten im Advent uns eine große Freud. Dr Johann Baptist geht voran dem Herrn Christ. Darum warten wir, wie es steht bei Isaias dem Prophet, daß uns das Christkind kommt. »Wir warten aufs Christkind«, eine beliebte Kinderfunksendung.

Es haben die Tage vor dem Heiligen Abend eine besondere Lieb und Kraft. Die Berge sind weiß, die Tannen hängen voller Schnee. Es glitzert die Welt.

Der alte heidnische Zauber der Dezembernächte, die Perchtentänzer und Peitschenknaller, der Umgang gar der Todesgöttin Perchta mit den abgeschiedenen Seelen, alle diese unheimlichen Umtriebe können diese lichte Himmelsfreude nicht erklären. Es glitzert unsere nüchterne Welt? Auch wenn es sich die Leut noch so viel kosten lassen? Die Tage vor dem Hl. Abend ist ein jeder glücklich. Nicht nur die Christbaumverkäufer, auch die Aktionäre der großen Kaufhäuser sind es. Und die Alten sagen: »Früher war's noch schöner.«

Besonders wer sich an die Rorateämter zurückerinnern kann, die vor dem Konzil noch, um sechs Uhr früh abgehalten worden sind, der hat eine schöne Erinnerung. Mit der Arbeit ist nicht mehr viel zusammengegangen in den Tagen vor dem Heiligen Abend. Die Stallarbeit halt, denn die Küh' und Ochsen, die Pferde und Schweine die Hühner, Enten und Gäns, das liebe Vieh, brauchte seine Wart und Pfleg. Aber draussen, über den Feldern ruhte der Tag. Rauhreif hängt an den Bäumen, die aufgewühlten

Scherhäufen sind steinhart gefroren. Kann sein, daß es bald schneit.

Im tiefen Schnee ist das Rorateamtgehen noch schöner. Von allen Seiten stapfen die Leut der hell erleuchteten Pfarrkirche zu. Das Rorateamt, das war ein besonderer Gottesdienst gewesen. Wir haben es das Engelamt geheißen, weil das schöne Evangelium gesungen wurde vom Englischen Gruß: »In illo tempore missus est Angelus Gabriel a Deo in civitatem Galiaeae, cui Nomen Nazareth ad Virginem desponsatam viro cui Nomen erat Joseph...« Dieses Latein hat jeder verstanden: Daß der Engel Gabriel nach Nazareth geschickt wurde zu einer Jungfrau, die mit Joseph verlobt war. Und dann klingen einem freudig die Worte im Ohr, daß ihr Name Maria gewesen: Et Nomen Virginis Maria! – Und nach dem Engelgruß hat sie die heilbringenden Worte gesprochen: Mir geschehe nach Deinem Worte: Fiat mihi secundum verbum tuum! – Diesem Kirchenlateinischen trauert ein alter Ministrant heute noch nach. Aber den Zölibat haben sie behalten! –

Vor der Säkularisation ist während dieses lateinisch gesungenen Evangeliums vor dem Altar die Szene von einem braven Mädchen und dem Engel stumm gespielt worden. Daher kommt der Name »Engelamt«. Anstatt von den Worten des Introitus, die da heißen: Rorate caeli desuper! Tauet Himmel von oben!

Nach der Messe sangen dann alle das Lied, das der Chorherr und Regens-Chori Norbert Hauner von Herrenchiemsee komponiert hatte: »Tauet Himmel den Gerechten, Wolken regnet ihn herab!« Das Lied haben die Leut im Advent seit mehr als zweihundert Jahren mit Begeisterung gesungen. Und singen es heut noch.

»Net leicht, sagt der Großvater, daß ich in der Kirch' amal mitgesungen hätt', aber dieses – Tauet Himmel – beim Engelamt schon.«

Am Himmel leucht ein Stern
Ins Rorate geh ich gern.
Obs rengt oder schneit.
Und ist der Weg auch weit.
Maria übers Gebirge geht
Zu ihrer Bas' Elisabeth.

Bis Mitte der Sechziger Jahre haben wir das viele Kirchengehen über Weihnachten noch miterlebt. Es war schon sakrisch viel! Am Heiligen Abend in der Früh um sechs Uhr das Engelamt. Um Mitternacht dann die Christmette, mit der wunderschönen Kemptermesse, um neun Uhr, am ersten oder großen Weihnachtstag, den festlichen Pfarrgottesdienst mit nochmal einer großartigen Orchestermesse. Am selben Tag dann nachmittag die Weihnachtsvesper, die wieder vom Kirchenchor mitgesungen worden ist. Am Stephanitag in der Früh wieder ein solennes Hochamt und am Nachmittag die feierliche Vesper. – Nicht fleißiger ist man zu Ostern Kirchen gegangen. Die Weihnachtlichen Kirchgänge aber waren doch schöner, heimeliger, fröhlicher. Und sie sind Niemanden zu viel gewesen.

Zum Christkindl in der Wiegn hat man halt eine herzlichere Zuneigung als zum Herrgott am Kreuz.

Weil's Christkindl weiß selm:
Mir san lauter Schelm.

Ochs und Esel

Ohne Ochs und Esel im Kripperl wär der Stall von Bethlehem nicht vollkommen. Ausgerechnet die als dumm und faul verschrieenen Tiere dürfen den kleinen Gott durch Anhauchen erwärmen. Kein prämierter Zuchtstier und kein mit Preisen ausgezeichneter Trakenerhengst hat den heiligen Stall erleben dürfen.

Und weil alles eine Bedeutung hat, was um das Christkind herum existiert, ist das für die Geschickten und Gescheiten, für die Akademiker und Erfinder, für die Genialen, für Professoren und Doktoren kein Kompliment. Sollen Ochs und Esel im Stall von Bethlehem den Dummen und Braven eine besondere Gnade erweisen?

Die barocken Prediger und Skribenten des 17. und 18. Jahrhunderts sind dieser Frage nach der idyllischen Lieblichkeit des anwesenden Ochsen und Eselchens gern und ausführlich nachgegangen. Und sie sind zum Lob und zur verdienten Beglückung der Bescheidenheit gekommen. Aber dann fragen sie gleich: »Warum ist denn von dem lieben Vieh im Stalle von Bethlehem kein Stückl vom Horn, nicht von der Haut als Reliquie aufbewahrt worden?« So der Salzburger Professor Simon Oberascher um 1710. Wo doch sogar vom Stroh aus der Krippe Jesu »etliche Partikel« im Kloster zu Neresheim verehrt würden? Darüber schreiben sie, die damaligen Theologieprofessoren, lange Traktate. Ein Augustinerchorherr aus Rottenbuch, P. Grieninger, stellt gar die Frage: »Warum ist das Christkind ein Bub und kein Mädchen geworden? – Wo es doch heißt, daß die Frauen schöner seien als die Männer?« Aber könnten wir dann unschuldig »zum Kreuz aufblicken.«

Christoph Selhamer, ein gebürtiger Burghauser, weiland Pfarrer in Weilheim, nimmt bei den Krippendarstellungen zwar nicht an Ochs und Esel

Anstoß, auch nicht an all dem bunten Treiben ringsum, aber es ärgert ihn, daß manche Maler die Geburt Jesu mit lauter Lügen vollgemalt hätten. Und er liest in einer Weihnachtspredigt diesen Malern gehörig die Leviten. Er ruft aus:

»Da Maria im Stall den Heiland geboren, bilden ihnen etliche Veichtlmaler ein, als sei es ebenso hergegangen, wie es bei ihren Weibern hergeht, wanns in die Kindheit kommen. – Ei, das ist aber weit gefehlt! Da muß man die höchstgebenedeite Mutter nicht mit anderen Weibern vergleichen. Alle anderen Weibern gebären mit Schmerz, mit grausamen Wehetagen, mit allerhand Wust, Unflat, Blut und Wasservergießen, mit Abmerglung ihrer Kräften, mit Schreien und Winseln. Ihre Kinder kommen ordinari schmutzig und kotig auf die Welt, brauchen erst viel Waschens und Badens, bis sie recht gesäubert werden.«

Nichts dergleichen ließ sich zu Bethlehem blicken. Maria hat ihren lieben Sohn ohn allen Schmerzen, ohn allen Wehtag, ohn alle Leibsblödigkeit, mit höchsten Freuden geboren. Concepit sine libidine, peperit sine dolore, wie sie empfangen hat, also hat sie geboren. Empfangen hat sie vom Heiligen Geist, also hat sie auch gebären sollen ohn alle

Schmerzen ohn alle Traurigkeit und Schwächung der Natur.«

Nur Hirten haben in der Heiligen Nacht dem göttlichen Kind ihre Aufwartung machen dürfen. Einsichtige Herrschaften aus Bethlehem sind erst am Stephanitag und noch später vorgelassen worden. Und die ganz großen Herren, die Heiligen Drei Könige, sind vierzehn Tag später gekommen.

Daß eigens auf Weihnachten alle Jahre Hirtenspiele, Geschichten, Legenden, Gedichte und Lieder verfertigt werden, wie sonst das ganze Jahr über nicht – nicht einmal im Frühling – das hat seinen Grund. Das Christkind öffnet die Herzen und macht einen Jeden zum Dichter. Der größte bleibt mit Abstand der heilige Evangelist Lukas.

Dann kommt aber in Bayern unmittelbar Ludwig Thoma mit seiner Heiligen Nacht. Seine Mutter war eine gebürtige Oberammergauerin. Sie hat ihrem Buben das Kripperlschnitzen in seine Wiege gelegt.

Daß die Heilige Nacht nicht von einem großen Komponisten vertont worden ist? Nicht von Richard Strauss und nicht von Carl Orff? Nur vom Vater

Prell, dem Münchner Volkssänger, dem Vater der Schönheitskönigin von Schneitzelreuth? Und der hat selber gesagt: »*Die Heilige Nacht braucht keine eigene Musik, die ist selber eine. Da muß man sich als Sänger ganz ans Wort anschmiegen.*«

In einem Brief an Dr. Georg Heim, den berühmten Volksparteiler, schreibt Thoma am 20. Dezember 1916: »Als ich die Heilige Nacht fertig hatte, da dachte ich oft, was daraus hätte werden können, wenn mein lieber Freund Taschner die Illustration und der prächtige Max Reger die Vertonung übernommen hätten. Das wäre einmal was Altbayerisches geworden!«

Es hat nicht wollen sein. Max Reger ist 1916 in Leipzig verstorben und Ignaz Taschner bereits 1914. Von den vielen alten Krippenspielen taucht hier und da eines auf. Die schönsten altbayerischen Weihnachtslieder hat der Kiem Pauli gesammelt, der gute Zitherspieler, Gitarrist und Volkssänger. Der Tegernseer Herzog Ludwig Wilhelm in Bayern war sein Mäzen. Und es gibt ein Kripperl – hint in Kreuth auf der Schanz, die Frau Herzogin hat selber die Figuren geschnitzt – wo die Hirten »hiesige Gesichter« haben. Die herzoglichen Jäger sind zu erkennen, der Herzog selber steht dabei und der Kiem Pauli mitten drin.

Soll er stehen bleiben unter den Hirten? Oder soll er jetzt, nach seinem Tod 1957, nicht zu den Engeln versetzt werden? Das wär ein Platz für den bayerischen Sänger.

Und die Herzogin hat den Pauli in einen Engel umgewandet. Wie aber bald darauf die Frau Herzogin auch verstorben ist, hat der Herzog Ludwig Wilhelm den Pauli wieder zurückgewandet. Als Senn und wieder nahe beim Kripperl steht er. Ein Platzerl, das dem Pauli leicht lieber ist.

Ohne die zwei Namen, ohne Thoma und Kiem, um wieviel ärmer wär da die bayerische Weihnacht.

»Ich gfreu mich jedes Jahr aufs Christkindl wie a kleiner Bub«, hat er immer gesagt. Auf was soll ich mich freuen? Was soll man sich wünschen? Friede auf Erden. Gesundheit. Und Politiker mit demokratischer Bescheidenheit. Dazu vielleicht einen bayerischen König?

Weihnachten auf den Malediven

Kein Päckchen unterm Christbaum! Überhaupt keinen Christbaum. Der Sohn geht eigene Wege, hat eine Lebensgefährtin und wohnt in der Nachbarschaft. Wir wollen endlich ausspannen. Auch Mathilde hat es verdient. Und wie! Unser Hobby wäre das Schnorcheln. Finden hier weder Zeit noch Gelegenheit. Auf den Malediven ist das Wasser glasklar. Man kennt nur weiße Sandstrände. Es ist sehr warm am Äquator. Wir fliegen nach Male und werden zu unserer winzig kleinen Insel Cavalohore, oder so ähnlich, gebracht. Mit einem entzückenden kleinen Eingeborenenkanu aus Bambus, aber mit einem Außenborder. Die Insel ist wahrscheinlich kleiner als die Fraueninsel im Chiemsee. In zehn Minuten umwandern wir sie mit Leichtigkeit. Wir haben einen entzückenden Hotel-Bungalow und eine ausgezeichnete indische Bedienung. Sri Lanka liegt, keine 500 km, nordöstlich. Wir sind allein. Aber es gibt einen Schnorchellehrer am Strand. Das Wasser ist so rein und durchsichtig, daß hier jeder Idiot schnorcheln kann. Das Meer, der Indische Ozean, ist unendlich! Unendlich schön auch in der Tiefe. Der Mensch ist leider kein U-Boot, Uns genügt der kurze Schnorchel vom Mund zur Wasseroberfläche. Kaum ein halber Meter. Wir sind Anfänger.

Schnorcheln ist nicht die Hauptsache. Wir ruhen. Liegen viel in der Hängematte. Der Strand ist gewaltig schön. Der Sand weiß und heiß, die größten Kokosnüsse der Welt kannst Du essen von Palmen, die 7 Meter lange Wedeln haben. Am Abend sitzt du am Strand und empfindest vor einem Glas Wein die Unendlichkeit des Ozeans. Und die Sterne leuchten, glitzern viel intensiver, als bei uns in einer klaren Juninacht. Beim zweiten Glas Wein fühlt sich Mathilde in die wirkliche ewige Unendlichkeit versetzt.

Kein Christbaum weit und breit. Auch auf keiner anderen der hundert Atolle. Die Leut sind auf den

Malediven moslemitisch. Haben in King's Island eine goldene Moschee. Dort darf man natürlich nicht so rumlaufen wie in den ausgewählten Touristeninseln.

Wird es dir wirklich einmal zu einsam, laden dich die Boote der Einheimischen zu einem Ausflug in die Nachbarinseln ein, zum »Island-Jumping«. Jede Insel ist anders und doch auch wieder ähnlich. Wir sind mit der Unseren zufrieden. Heut wäre der zweite Weihnachtstag. Daheim in Europa. In Germany, gottlob nicht hier auf den Malediven! Nur Ruhe ist uns heilig, Mathilde atmet langsam auf. Heut waren wir auf einer etwas größeren Touristeninsel mit einem abendlichen Dancing. Äquatoriale Abendkleidung erwünscht. Gottlob hat sie ein zartes Organza-Cocktailkleid dabei und ich eine blühend weiße Hose. Wir fahren hin. Charmantes Publikum, tiefgekühlte Getränke. Wir tanzen zweimal. Dann kommt ein Geschäftsfreund auf mich zu. Er stellt sich nur geschwind vor, grüßt und verschwindet wieder. Wünscht gar ein Gutes Neues Jahr! Die Stimmung der unendlichen Ferne ist für 24 Stunden dahin.

Vergnügen wir uns wieder mit Schnorcheln. Schlafen und drei Schoppen Wein am abendlichen Strand. Heizung und Sanitär! Mich packt das

Grauen. Mathilde verflucht den gestrigen Tanz. Obwohl es auch schön war. Dem nachbarlichen Meister meiner Zunft mag es ähnlich ergangen sein.

Die letzten drei Tage vergehen. Das Essen ist vortrefflich: Indisch und scharf. Man kann auch europäische Gerichte haben. Gottlob will auch Mathilde heimischeinheimisch bleiben. Ja, ja, wir fühlen uns gleich heimisch. Wir werden nächstes Weihnachten wieder kommen.

Der Rückflug ist angenehm. In kaum zehn Stunden landen wir in München. Donnerwetter, wir werden abgeholt. Arnold und Karin stehen am Ausgang und winken uns zu. »Hallo, Mama, hallo Papa! Es ist alles in Ordnung. Den Auftrag im Krankenhaus bekommen wir. Dr. Stephen hat angerufen.«

Na ja, wir sind wieder daheim. Wir steigen in Arnolds Wagen. Seine Freundin lächelt und steckt mir ein Weihnachtspäckchen zu, mit roter Prachtschnur verschnürt, auf dem Christkindlpapier ein Tannzweig. Mathilde bekommt auch so ein Christkindl. »Sofort aufmachen«, wird befohlen. Wir öffnen. Was soll man mir schon schenken? – Es ist ein

schön geschnitzter Puttokopf. Gewiß 300 Mark wert.
Mathildes Päckchen enthält ein indisches Kochbuch.
Wir bedanken uns. Morgen ist Heilig-Drei-König.

Das unterhaltsame Kunstbuch über Bad Reichenhall

Georg Lohmeier, bekannt durch das »Königlich-bayerische Amtsgericht« oder »Liberalitas Bavariae«, schrieb die Texte zu diesem Buch. Mit seinem Humor und seinem Charme hat er das Buch zu einem Muß seiner Fans gemacht, aber auch jeden anderen wird es in den Bann ziehen.

Das Buch »Bad Reichenhall – künstlerisch und historisch« ist eine Idee von Walter Angerer der Jüngere, der seine Heimatstadt einmal so vorstellen wollte, wie sie nicht jeder kennt. Kunstvolle Bilder und Zeichnungen des Malers zeigen Schmuckstücke dieser wundervollen Gegend.

»Dieses Buch ist ein Schmankerl.«
Wolfgang Heitmeier
Oberbürgermeister von Bad Reichenhall

100 Seiten mit
70 farbigen Abbildungen
Preis: DM 42,–
unverbindliche Preisempfehlung

Ein außergewöhnliches Buch für alle Freunde dieser Stadt und der reizvollen Umgebung. Mit Bildern des bekannten Künstlers Angerer der Jüngere und Texten des erfolgreichen Schriftstellers Georg Lohmeier.

2. erweiterte Auflage

Der Chiemgau
in Geschichten und Bildern

Der Dichter Georg Lohmeier und der Maler Angerer der Jüngere haben gemeinsam etwas Besonderes geschaffen. Liebevolle historische Geschichten von Georg Lohmeier und poetische Bilder von Angerer dem Jüngeren geben diesen Büchern etwas Einzigartiges.

Chiemgau –
Geschichten und Bilder
Georg Lohmeier
Angerer der Jüngere

Reproduktionen von Gemälden und Grafiken, unveröffentlicht, zum Großteil für das Buch geschaffen.

180 Seiten mit
68 farbigen Abbildungen und
59 s/w Zeichnungen
Preis: DM 58,–
unverbindliche Preisempfehlung

Ein Kunst- und Leseband

Allerhand Begebenheiten

Mit neuer Sichtweise stellt der Maler Walter Angerer, den Chiemgau dar. Mit seinem besonderen Stil läßt er dieses Buch zu einem Kunsterlebnis werden. Zu seinen Bildern liefert der Dramatiker und Historiker Georg Lohmeier adäquate Texte, die meist genau so komisch und facettenreich Land und Leute beschreiben, wie sein wohl bekanntestes Werk, das „Königlich Bayerische Amtsgericht". Wichtige historische Informationen verbindet er mit Anekdotischem, so daß die „trockene Geschichte" vielfach lebendig aufgefrischt wird. Ein Kunst- und Lesegenuß!